意林

公元787年，唐封疆大吏马总集诸子精华，编著成《意林》一书

意林： 始于公元787年，距今1200余年

意林®轻文库

青春最美，梦想出发

中国式好看轻小说优鲜品牌

意林轻文库　绘梦古风系列　061

（三）蜀中乱

纪出矣 著

北方妇女儿童出版社

·长春·

图书在版编目（CIP）数据

萝莉将军.3,蜀中乱 / 纪出矣著. -- 长春：北方

妇女儿童出版社, 2019.2

（意林·轻文库.绘梦古风系列）

ISBN 978-7-5585-2033-4

Ⅰ.①萝… Ⅱ.①纪… Ⅲ.①长篇小说－中国－当代

Ⅳ.①I247.5

中国版本图书馆CIP数据核字(2018)第301697号

萝莉将军（三）蜀中乱

LUOLI JIANGJUN（三）SHU ZHONGLUAN

出 版 人	刘　刚
总 策 划	阿　朱
特约策划	师晓晖
执行策划	张　星
责任编辑	吴　强　王　婷　孟健伊
图书统筹	三木卷卷
特约编辑	崔馨予
绘　　图	溪初阳关
书籍装帧	胡静梅
美术编辑	王周益
开　　本	700mm×1000mm　1/16
字　　数	300千字
印　　张	12
版　　次	2019年2月第1版
印　　次	2019年2月第1次印刷
印　　刷	天津泰宇印务有限公司

出　　版	北方妇女儿童出版社
发　　行	北方妇女儿童出版社
地　　址	长春市人民大街4646号
	邮编：130021
电　　话	0431-85678573

定　　价	29.80元

目录
CONTENTS

第一章

落草
为寇

孔二到现在都记着，他老子娘饿死之前告诉他的话。

"别轻易死，多活几年，什么新鲜事都能看到。"

回忆这些话的时候，他已经是快跟他们死时一样的年纪。他的命还算好，十七八岁在四川知府乔培林手下做了捕快；又不算太好，三十几岁分到天井城这处天不养人的地方，不至于饿死，却眼睁睁看很多人活不下去。

他几乎要认命了，守着城门楼子看草皮裹尸。村子里的人，能出去的都出去了，不能出的，想出去也没办法出去。

谁也没有想到，在这个当口，还能"迎"进几个了不得的后生。

两男一女都是孩儿面，说起话来都是文绉绉的，对谁都有副笑模样。不会做饭，不会过活，但会抢钱。

孔老爷子有时纳罕，果然老话都是通的，活得长了，真的什么新鲜事都能撞见。

后面那处山，就是紧挨着官道那一面，说话就给炸开了。丫头手里一把九环刀，能顺着石缝劈开石壁，劈开以后刀不出豁口，人不伤不抖，好像切块豆腐那样简单。

他该猜到他们出身定然不俗的，但绞尽脑汁也想不出是怎样大的来头和出处，索性就不猜了。左右都是好的，这个答案在心里定了性，便不会再改了。

村里那堆老弱妇孺都由他们养着，白天出去抢粮食，分剩下了才抱回自家房里。不知道谁带头喊了句"当家的"，就被叫开了。他们似乎也承认落了匪，由着大伙儿称呼。赶在一个闷晒的午后，喝着沁凉的井水把天井村改成了天井寨。

寨中百姓一夜之间成了有主的"匪众"，还很快乐，由着分门别类地被编制。

身子骨还算不错的，归为"出战"一类；在出去打劫的时候，负责搬运粮食财物；弱些，但能缝补做饭的，归到"伙房"；管理起来竟然煞有介事。

"小九"做了大当家的。众人不知她全名叫什么，只听一个"哥哥"叫她"小九"，另一个"哥哥"叫"三宝"。听着都像小名，不好直呼，显得不尊重，端看她平日喜着男装，便唤九爷了。

九爷做了大当家的。十方"挨着"她，做了二当家。然而大伙更喜欢嬉皮笑脸地叫他一声"二爷"。

因为真是有点"二"，偏生喜好热闹，什么事情都要插问几句，说错了，大伙一笑，自己也跟着笑。眼神不好，出门必得拉着，不拉就要丢，是个可爱讨喜、又让人哭笑不得的少年。

"瑾公子"则是无所谓谁当家，素来有自己的章程。

一身布衣长衫，是三人里最讲体统的一个。天热成什么样子，也不肯卷胳膊露腿。身量比"二爷"高半头，肤白，有点书生气，走到哪儿都喜欢歪着。然而过得不好是要不耐的，眼风一扫，不至于发脾气，顶多就是拎着"二爷"再抢些东西回来。

两位爷都是好模样，十方若是招人疼，这位便是招人爱了。

村里的大姑娘小媳妇没有不爱陈怀瑾的，仿佛他的病弱都是一种吸引。同样粗布长衫，他便能穿出落魄公侯的味道。不会的东西从不掺和，做饭搭房会直接告诉她们——我不会。

不会也不学，背着手去坡上看树看影。众人便跟着他看树看影，看的时间长了才发现，原来树影里站着练"兵"的九爷。

"放出风去——劫粮不劫财。让他们提前备几担粮食，交了就走，也免去我们许多麻烦。"

九爷自从做了土匪，就很有架势：咬着馍馍趿拉着一双草鞋出来，刚在山泉边上洗过澡，裤子卷起半边，一身水灵灵的潮气。头发没干，被她胡乱绾在头上；迈的是官步，跟在军营里的劲儿一模一样。

然而她那副面貌还是幼稚的，虽是通身男人做派，偏偏生得精巧，怎么瞧怎么孩子气。

搬着凳子爬上"匪众"们为她做的石砌长椅，脚丫子还有点儿湿，"啪啪"拍两下鞋底，觉得挺好玩，就一面拍一面商议"军国大事"。

山里没有壮丁，多是妇孺，唯一会在这种时候窥视九爷的只有十方。

山寨里的火把被山风吹得明了又灭，十方的一对圆眼睛便随着明灭，眯起松开。眼里雾气昭昭的，看不出轻浮，仿佛就是随意地瞥一眼，再瞥一眼。

爵爷本来就坐在椅子上头。

这样东西当时打得就阔绰，像张石纹罗汉床，并排坐下三位当家都不成问题。"床"上摆着两卷蓬松的软垫，是前些日子从一户富商的马车上拆下来的。

软垫子这会儿用还嫌热。但是陈怀瑾自打瞧见就歪上去了，热也歪着，难得靠上点儿软的。

乔灵均此时就坐在他身前，脚丫子在鞋面上"啪嗒"够了，就支起一条腿扯了他身后一块垫子，一左一右地歪着。

"余粮还有多少？撑得几日？三娘明日蒸点儿馍馍，给小家伙吃些干粮。我们不缺这些东西，不够想法子也能弄回来，别苦了孩子。"

她洒脱一副俏模样，英气长在骨子里。所用之法无非一个"抢"字，倒说得坦荡。

三娘自然称是，一团喜色。

又聊起近日统计村民之事，无不热烈。

场内唯有两个人心不在焉。

陈爵爷的桃花眼在十方脸上淡淡扫过去，把乔灵均的裤管扯下来。

眼珠子都快掉在这块肉上了。

乔灵均嫌热，又卷上去。

他扯下来。

她再卷上去。

十方睨着陈怀瑾，摆出一脸得意。

他回他一抹淡笑，袍袖一掀，连同那双白嫩小脚一块盖到衣衫下。

两位爷的关系明显不好，各有各的毛病，也各有各的乖张。一个喜欢在"单人间"里搞发明，一个自顾享乐。

最开始的矛盾是，吃完饭以后三个人要轮着洗碗。陈怀瑾总偷偷把碗扔掉，被十方告发了几次，发现条件确实不允许，才肯默默捡回来。

皱着眉头洗完，下次出去就抢碗；目标以吃一顿扔一顿为基准。

柳十方因此说他废物，他说十方废物不如。

再大的矛盾便是看不惯对方黏着乔灵均，谁没皮没脸地待久了，必然遭到另一个的报复。

自然不会单动一动嘴皮子，偶尔互殴，偶尔群殴，乔灵均也不说管上一管。

反正有人报信了，就笑着一摆手。

"死一个再告诉我。"

想来过去这种场景也没少上演，早已见怪不怪。匪众们见她如此看得开，以为"兄妹"三人自来是这么相处的，久而久之，不打出血来也不再凑热闹了。

迎头入伏，是天井城最恼人的节气。

暑热像闷在井底的一锅热汤，焐得人统一病恹恹的。唯一的山泉水也无凉意了，潺潺碎碎，溜溜转转，要到晚些落山，才能从暴晒中找回一点儿清凉的"自己"。

村民或躺或坐，山石都晒得烫人，只能往山洞里猫着。然而洞中虽凉爽，却不少蚊虫，叮得浑身红肿绵痒，又怕遭了什么虫子病。

倒是无人想到这个问题，是三人中最无生活技能的陈爵爷，解了困的。

是说这位爷素来有吃汤药养生的毛病。咳得次数多了，便想，我可能快要死了。起得较平日早半个时辰，便觉完了，我怎的睡不好觉了？是不是病要来了？

这些想法自然跟他病死的亲爹，临终前连嘱咐带吓唬的遗言脱不开干系。但若说全部不好，却也不是。至少在天井城入伏之际，他就是第一个能凭着嗅觉找到防暑防病草药的人。

他这个人过得"独"，除了家养几位医师，总不肯假手他人，又偏爱琢磨草药医理，久病成医，竟也算半个大夫了。

三天时间，他带人拔秃了半面石壁的药材，熬得满屋子蹿苦味。大锅里的是分出去给村民用的，能防蚊，能除暑。小锅里是两人份。一把蒲扇一口药锅，他亲熬亲守，满头大汗地熬足了时辰，自己一碗，留给乔灵均一碗。

陡峭的山峰在夜色里汇成一片巨大阴影，在月光下拉长。树影摇曳，虫叫鸟鸣都是常事，不去管它，能叫一宿。赶上来雨，还有蛙鸣。像京城最吵嚷的市集，彼此讨价还价，你来我往。树上的蝉，是无喜无怒的老者，周而复始地回复着：知了，知了。

三人早已从洞里搬出来了，造了一户坚实"豪阔"的四合院。一人一间屋子，正中一间做厅堂。中心一处小院，用黄梨木搭了一座棚子，铺了很厚一层叶子。

爵爷就搬着小板凳在院中喝药。两手拢在一块，是冬日常抱手炉的习惯。眉目在月光下更衬得朗澈，面色仍照寻常人白。唇色却因被烫红了，显了一些平日没有的好气色。

"怎的在这儿吹风？不是说换季要闹病，早早留了药汤子进补吗？"

乔灵均进院就笑了。实在是很难看到他如此乖觉，更别说这样等她。他的性子平日里虽称不上刁钻刻薄一类，却并不是个好伺候的主儿，至少比十方难伺候。

前几日上山采药去了，回来以后忙里忙外，见的都是彼此的背影，今日才算好好看着。

"难伺候的主儿"闻言皱眉，脸上迅速跃出几分有感而发的嫌弃。

"屋里还沾着热气，憋闷得很。我喝热的，便来吹吹风，顺便等你回来。"

这般说完，抖搂了一下袖子，觉得黏腻，又从怀里拿出蒲扇，扇了两扇，准备一会儿"哄"她喝完，去泉边洗洗。

"都快活成野人了，陈叔看见我这样肯定要哭。"

眉心一蹙，他从不隐藏自己的"臭毛病"，且但凡有了条件，就要活得尽可能舒适。前些天还给自己"雇"了两个"小奴才"，是村里王大妈家的一对双胞胎。两个人都长得虎头虎脑，他就给人起了大名：王虎头和王虎脑，手把手教写了名字。

虎头虎脑这会儿正守在另一扇门边，防着潜心研究炸药的十方冲出来破坏气氛。

乔灵均单手一撑，跳到石头小几上，支起一条腿。她将脑袋歪在膝盖上，自上而下看他。几天没见了，倒觉得新鲜，看那眉眼也觉喜欢，听他胡说也觉喜欢。

"那日我就想说你，燥暑天喝热汤药，身上出一身汗坐风口，又嚷嚷要病死。今日听说药都发出去了，人手一碗，你便别再折腾了，好生歇歇。"

九爷歪头的动作很孩子气，说出来的却是"大人"话。她一直记得他打娘胎里带了些病的事，病到什么程度并不知晓。

"这会儿见你气色倒是不错。"

她端详他，上上下下，里里外外，身体稍微向前欠了一点儿，相距三指左右，眼神中有一种坦荡的认真。

整体像只灰突突的兔子。

陈怀瑾看她身上一件赭色布衫，皱巴巴地飘在身上。脸上有白天风吹日晒的邋遢痕迹。许久不曾带兵了，做了土匪以后，反而自得其乐地像个小疯子。除了晚上知道回家，其余时间根本找不见人影。

"成日就知道在山里疯。"

他将手放在她的脑袋上，顺着头发摸了摸。略停了一会儿，指着另一只药碗说：

"喝了这个会长寿，不喝自然要死的。你猜这药什么味儿？"

他有双招摇的桃花眼，浅笑时，不自觉就会露出风流态。

她看他笑得循循善诱，自知没有好事，向后退了一步，抿唇道：

"怕不是等我回来喝的吧？实话讲，我长这么大都没喝过几次药，无缘无故更不喝了。"

他脸上露出莫名的神情，仿佛这是说不通的道理。

"全村的人都喝了，为什么你不喝？到时候闹了病气，便说是你传染的。"

"反正我不喝这苦汤药。"她很严肃地摇头，"你要造谣便去吧，过去在漠北我都不碰这东西。"

他闻言放下药碗。

"造谣也怪累的，我近些时日越发懒得动了。"

他竟也不急着劝，转脸去逗小桌上的黑画眉。

这只鸟儿是他在山上看她练兵时抓的，白日聒噪，到了晚上便恹恹地没了神气。两条胳膊交叠，垫着下巴，他露出了一点儿茫然相，像个温润又没脾气的小少爷。衣袂被风掀起一片，拂过她的手背。

一下，两下，三下，丝丝的痒。

"你喝了，我是有好消息给你的。若是不喝，我就压下几天再告诉你。"连用词都显出几分孩子气。

"那就压下几天。"

她不入他的圈套，一骨碌从桌上跳下来，笑眯眯地几步退到房门口就要进去。

他也笑了，以手支头，眼睛和手都在笼子里的画眉鸟上。

"赵久和的也不看？"

她果然去而复返。

他长臂一伸，瞬间点了她的穴道，吹一吹凉得差不多的另一碗药，慢条斯理地喂到嘴里一勺。

"叫他就知道过来了，那副死鱼眼睛有什么好惦记的？"

他等她等得都困了，连熬带采折腾三天，就为了把好的喂给她。

"每次喝药都像上刑场。"

说着又要摇头，仿佛恨铁不成钢。并且因为不惯伺候别人，喂得笨手笨脚，像初得闺女的年轻爹爹。

表情却有一些享受，且在占据优势以后迅速变脸，数落起十方的不是来。

"这两天我没在家，他有没有说我什么坏话？我记得上次他说我在书院撩姑娘，少听他胡说八道，嘴里没一句真话。赵久和信上说京城动静不小，在翻之前的文字案。赵久沉现下焦头烂额，一时半会儿查不到这里。"

"我的本意也不想操之过急。天井城的百姓在不知情的情况下做了伪证。若我们未能在冬日之前找出运送假银之人，至少可以有一线暂缓之计，让百姓上书求上头重理此案。当然这是最下之策，天井城每隔一两个月就会收到朝廷供给。其实也不是朝廷的粮，上头给的是银子，运到这里就成了麸子皮、杂粮面了，面里还要混沙土。我跟孔老聊过，来了就留下，我们仍吃我们的，早晚有用处。"

他一面喂一面跟她理思绪，知道她这些天也在四处奔走，带完了"兵"便自山上徒步到大兴县一带打听。

"运送假银之人定然是葛蔺晨的亲信，大兴县莫再去了，先等等送粮的那批，以免打草惊蛇。我这边也有一些安排。"

她自来肯在这些问题上听的。她是带兵打仗的武夫，虽不笨拙，到底不如他了解官场。嘴里的药咽了一口又一口，脑子还在消化他的话，反应过来的时候，汤药已经下了一半了。

他的心思不全在案子上。两人近日各忙一摊，很难相见，晚间各自歇下，清早她又练兵，总觉得不够亲近。

勺子抬起又落下。他喜欢跟亲近的人共享一些好处，诸如金银，诸如玉器，诸如汤药。前两样尚可理解，最后一样，虽另类得让人无法赞同，却又执拗得挑不出毛病。

他就认为汤药是好的。

"这里的山势是座瓮井，一旦有病气蔓延就是十天半月不散。早喝点儿草药预防总不是错事。过去没喝过是没人照顾你。现今我在了，自然就要一起喝。一起老一起死多好，谁也不扔下谁。"

他决定哄她一下，因为她瞪他的眼神是一会儿你等着，老子非扒了你的皮的架势。

好像比去年聪明了？

陈小爵爷默默地琢磨着，乔小九去年这会儿应该是药全喝完了才反应过来被骗才对。

事实证明，九爷不仅聪明，还非常倔强。

他瞠目结舌地看着她皱着眉头吐中药汤，嘴巴形成一个嫌恶的"呸"字。

"你多大了？"

他凝重地斜睨着她，像在看一个怪物。

三岁的孩子都不这么吐了。

她瞪着眼睛明显有话要说，他解开她的穴道，还没来得及继续批评，脑袋上就挨了一下。

"多大也知道苦！"

九爷苦得龇牙咧嘴，伸手就往他腰间摸。他常喝药，有时也会嫌弃不好入口，便会随身带一些蜜饯。他由着她摸，两手张开，很配合地让她捞出那只荷包袋子。

她什么时候说要跟他一起老一起死了？再者，他的身子金贵，是打娘胎里便没长好，她可是全须全血地来的。

嘴里嚼进一大口甜蜜，才将将解了方才的"困境"。

"给，喝水。"

乔将军许久不曾受过这么大的"罪"，大约是想痛斥某人一顿，偏偏这会儿他又"懂事"了，不仅拿蜜饯给她吃，还递了一碗水来。

嘴边的怒斥便也跟着这碗水一同咽回去了。

伸手不打笑脸人，他一乖，她真有点儿拿他没辙。

那时候的乔灵均还没发现，自己被某人吃定了性子，灌一碗苦药，赔一脸乖巧，之后的很多事情都是这么被反转回来的。

"苦吗？"

他看她一连嚼了三块蜜饯下去，倒有些愣住了，就着她的碗喝了一口。

好像是有点儿苦。

再品品，恍然大悟。

忘记放甘草了……那样东西是出汤后放在碗里泡出甜味来的，他下意识都堆在自己碗里了。

但是这件事儿决计不能告诉她，不动声色地将两只碗对调。

"喝我的吧。"

不管怎么样，都要守着她把那点儿东西喝完。

乔将军叉腰瞪眼瞅了一会儿，发现确实没剩多少了，就咬牙屏息一口气灌完了。

咂吧两下嘴："怎么你的比我的甜？"

"我这碗多加了一味药材。"

"为什么比我多一味？"

"我不是本来就有病吗？"陈怀瑾答得面无愧色。

看门的小奴才虎头最是个待不住的，耳听着十方那边没动静，就一蹦一跳地跑过来凑热闹。

"爷今天熬了好些个时辰，原是给大当家喝的？我们说他不会伺候人，由着我们熬，偏不听，手都烫出泡了。"

乔灵均这才看向他拿碗的手，果然看到一片红肿，方才他一直用袖子挡着。这会儿被人说出来，还皱了眉头。

"老老实实看门去。"

竟是有些不好意思了。

乔灵均失笑，觉得陈怀瑾有时很像一个孩子。"喜欢"和"好"都表达得干脆直接。有时候又有着少年式的别扭，不肯直接说，我就想对你好。反而比在其他事情上要面子。

然而这种好，落到不相干的人身上，就会荡然无存。

就像现在，虎头跑远了，才想起还有一句话要问："二当家那边给不给留点儿？我看他最近有些咳嗽。"

陈怀瑾不咸不淡地回了五个字："让他花钱买。"

水疱已经被处理过了，积水挑开后，起了一点儿皮，此时像只泄了气的皮球，俯身趴伏在手背上。

她的兵总是不缺这样的伤痕，便是她自己，手心的水疱和身上的伤痕都是常见常有。

不知是根深蒂固地认为他身子骨不好，还是素来觉得他金贵，她凝了一会儿，就从怀里掏了金创膏。

这种膏药，是在战场上受了剑伤刀伤才会用的特效药，平素不舍得用。落在陈怀瑾手上，被她涂了厚厚一层。小手轻轻抹匀，她鼓起腮帮子吹了吹。

"明儿就不疼了。"

他静静看着她仰起的脑袋，心说，现在就不疼了。

不疼了，也要吹吹。

他喜欢她照顾他。

然而那天晚上的最终，却并没有收获一个温暖的结尾。

窝在屋里造火药的十方出来了，本来想要显摆一下新成果，却因着月下男女的相视一笑，酸成了一缸老醋。

不过他竟也难得地成熟了，没有哭闹，也没有冲上来，而是在手里点着一点硫黄，烧黑了半边手掌。

这下，剩下那半瓶金创膏都是他的了。

手心在黑夜里散发出焦煳味，十方像个托塔天王，安静而笔直地望向远方。

陈怀瑾和乔灵均都不知道要不要称赞他勇敢了。

"还疼吗？"

“疼。”

“疼也忍着！”

入伏以后，天井城每天都风和日丽。

这种风和日丽，是没有一丝凉风拂面，没有一片乌云遮日的干脆浮躁。这样的天气，是没有道理让女人、孩子出来受罪的。两位爷一前一后地翻出山涧，各自找到一棵大树，纳凉“等”粮。

乔将军本来是想一起出来的，思及二人说打就闹的脾气，最终决定在家睡觉。

自从一连抢了几户商队以后，他们的生意就不太好了，间或也因为天燥。往返官家商贾的数量都大不如前。且他们急用的是粮，反而不爱劫财，劫了银子又要跑去县城里买，买得太多又担心张扬，分次买、分次运又着实麻烦。

“今儿抢来的要还是银票，你就下山买粮，我懒得跟你去。”

是粮是钱还未可知，十方就先表明了自己的态度，他是极其厌恶陈怀瑾的，厌恶程度已经达到跟他出门就想扔雷炸死他的地步。

陈爵爷也是一样的心情，但是他懂得顾全大局，随手摘下一片叶子，便割破了十方准备伸进怀里掏火雷的手。

“炸出动静更没人来了，你想里面的人都饿死？”

“那你就把我的手割破？”

十方本来躺在树干上，缓慢地眨了眨眼，一个猛子坐起来就要拼命。

乔灵均俨然跟他一天比一天亲了，自己反倒成了外人。他见不得这样。

十方有时也会细思，这种占有性的爱，到底算不算爱情？乔灵均对他来说，一直有着很多重身份。

姐姐、兄弟、伴侣，甚至娘亲。犹记得关外那会儿，他在凌河边界被胡延成纪掳走了，她一个人横刀立马，直闯兵营。他重伤无力，她将他护在身下，那会儿他看她，更似他亲爹。

如此一番思忖，竟让十方通透了，认为陈怀瑾骤然抢走的是他的“一大家子人”，更加愤懑，脚下一跃跳到这边树上。

刚招呼过几招，便听官道来人了。

两个人只能迅速隐回繁草密树中，黑布蒙在脸上，交换一个眼神，都看到了一个字。

"热！"

真热！伏天里抢劫真是要了老命了！偏生还不能露脸。京城里两位爷的面貌都是一等一地出息，有几个会不认得？

伏天里行在官道上的这支队伍也没好到哪儿去，由于行了太久的路，走到这段的时候早累得精疲力竭。拉人的马和拉货的驴子也都来了脾气，踢踢踏踏地不肯走快，大约是觉得地面烫蹄子。

坐在里头的是位新上任的官老爷，脸面生得还挺鲜嫩，正在撩着帘子痛骂："想热死你们老爷？快些过去，我是受不得这种苦了！"

"娇情东西，跟你一个德行！"

隐在树里的十方尖酸刻薄地一撇嘴，指的是前面的官，骂的是身边的人。陈小爵爷能听不出来他这通指桑骂槐？胳膊一抬，直接把他扔到官道上去了。

走得缓不成行的队伍，本来就够垂头丧气，前脚刚得了老爷的骂，后脚就被不知从哪落下的人吓了一跳。

那人一身黑衣，长身玉立，单看身形，并不壮硕，手里的鞭子可并不长眼。

随行衙役的刀颤颤巍巍地亮出来，刀片晃在太阳地上，刺了他的眼，还没举起来就被穿成一串扔出老远。

十方的鞭子上有毒，卷过的刀身立时就泛了黑。衙役见状，统一软了腿。不知晓这是何方神圣，思及这种大来头的，必然是冲着老爷们去的，便伸手一指马车。

"在……在里边呢。您是仇杀还是买杀，都请往那儿去吧，我们无非求着俸禄混碗饭吃。"

里头那位气得跳脚，心说这种花钱买来的官是不值钱，赠送的随行都这么孬。

他是并不想孬的，可惜不会武，一不做二不休，从箱子里拽出一包银子，顺着窗户扔出去。

"好汉给条活路吧，这是我此生第一次当官，帽子还没戴热乎呢。想来也不该有什么人买凶杀我，我还没走马上任，跟朝廷里的官也没有官司。"

音色颤颤巍巍，是副沙沙哑哑的少年音。

怎么有点儿耳熟？

车外的柳十方朝马车方向侧了一下头，没过去，先将装行李的车里里外外搜刮了一通。无非几床锦被、几箱衣服。都是上乘料子，从薄到厚，四季都带得全。他掂量了一下重量，又打量起驴子。

牲口倒是壮实，能吃能用，就是从夹道进去有点儿困难。

车外一直没什么动静，年轻的官也不敢贸然出去。恰在这时，帘面一动，自外而内伸进一颗脑袋。

脑袋的主人就是抢他的"土匪"，脸被黑布遮了大半，只剩有一双雾气昭昭的眼睛，眼神像是并不太好，眯缝着瞅。

"看着也有点儿眼熟。"

年轻的官没听清这句自言自语，十方也不需要他听清，转头又出去了。鞭子在腕上转了一圈，拽开另一辆车上的绳子继续翻找。

大氅、软垫、汤婆子，通通扯出来挂到身上，挂不完的就往树那边丢。

如此一通旁若无人的"豪举"，早吓得衙役作鸟兽散，只剩下两名跑不得的家生奴才抱头痛哭。

"早叫少爷别花这瞎银子，京城养花遛鸟的多少玩不得。非说交情不得了，得往这儿看看。这会子案子还没来得及查呢，人就要咽气了。"

"可不是，咱家又不差这点儿俸禄！多少富贵享不得。"

十方在痛哭中翻出三只酥果匣子。打开一看，哟，全是好物件，起酥桂花糕、鸡油卷，葱香饼子……

京城来的物件？

他默了默，重新撩开车帘，斜进去半边身子，吓得里面那位年轻的官直打嗝。

他不知道这位盗匪因何总端详他，只见再隔一会儿，他又带着另外一颗脑袋一同斜进来。

"我看着也眼熟。"

陈怀瑾跟十方说话，似乎统一陷入某种冥思苦想。然后一个伸手拎了县官的领子，一个把官帽摘下来仔仔细细扒了扒眉眼。

"是你外甥！"

十方恍然大悟。

他就说那声音和面孔眼熟呢，原是病秧子的本家。

人认出来了，他就不再看了，顺手把人往车里一扔，摘了脸上的黑布。

既是熟人，便没必要再捂着了。陈怀瑾家的亲戚，还怕出去胡说八道？不遵圣令，擅离职守是要九族连坐的。他不信他家有这么不开眼的人。

与此同时，陈爵爷也摘了黑布，将人拎到近前打量。他是陈家的老来子，自来有几个跟他差不多大，或是比他大的侄子外甥。有的外甥沾亲带故，有的是八百里外远亲。

这次这个——

"小舅舅？"

年轻的官儿这下连嗝都打不出来了，硬生生被噎了回去，再看之前甩鞭子的人，大眼睛骨碌转了一圈，哭出了声。

"十方哥哥，小舅舅，你们怎么跑到这儿做土匪了啊？好好的苏州知府不做了？"

真是巧了，他也认识他们。

外甥哭成这样，当舅舅的也没有要哄的意思，眼神落到帘子上。

他在想，他是谁呢？

"林升迁！"

最后还是十方解惑，抬起一只手比到腰上，对陈怀瑾说："这么大的时候在书院，有个总跟在庆芳身后的鼻涕虫。岁数不够，先生不让他跟我们这边的堂，总偷偷来。他娘是你姨母那边的一个什么妹妹，算你八竿子外的亲戚。"

陈怀瑾大约忆起有这么个人，转脸又看向十方，似在问，你怎么知道得那么清楚？

十方吊儿郎当地一扬下巴："他瘦不拉叽的样儿跟你挺像，有一回我想炸你，错扔到他身上。他不记仇，第二天还跟我学做火雷……"说完以后一皱眉头，才反应过来道："你怎么到这儿来了？在家享福享多了，到这儿体验生活来了？"

仿佛他做土匪没什么稀奇，他跑来蜀中做官才是。

谁人不知这里是处穷乡僻壤，方才听奴才们的哭号，竟还是他自己花钱买的？

林升迁小时候因总缠着庆芳，被这两位都吓唬过，这会儿被拎着盘问，吓得直往后退。

"我……"

半天也没"我"出个所以然来。

陈爵爷略出了一会儿神，把视线转回到林升迁身上。

"林元恪是你父亲？"

这位外甥确实有点儿远，甚而很多人不知他跟陈家有亲戚。

林元恪当年是倒插门，入赘的是陈怀瑾远房姨母的大女儿白芳池家。女方家底殷实，男方也不是游手好闲之辈，学问不错，第二年便入了户部。生下林升迁那一年，刚好一路升迁，便留了"升迁"二字做了名字。女方家见男方如此出息，便准了孩子依旧姓林，等到生下弟弟时再改母姓。如此一通折腾，反而无人知道林升迁是白家长子了。

抵达蜀中之前，陈怀瑾曾跟林元恪通过几封书信。

但是……

他睨着比自己还孱弱的林升迁，几不可闻地蹙了一下眉。

"回舅舅的话，正是家父。"

林升迁没看见爵爷蹙眉，观面相却似并不想看见自己，赶紧抬起袖子把眼泪鼻涕擦干净，老老实实一揖。

"侄子这次过来，他老人家也是知道的。另有一则缘故——"他小心翼翼地看向陈怀瑾。

"是因为庆芳的案子。"

他不敢跟陈怀瑾撒谎。

当时这件事情震动了整个京城，林府自然也有耳闻。传信回来的，还是林升迁派去请庆芳喝酒的小厮，说眼看着人被押走了，急匆匆地回来报信，差点儿让林升迁咬到舌头。

林升迁十几岁就给廖庆芳做尾巴，做得好似廖家凭空多了一个儿子，直到庆芳接任御史，四处游走盘查，没法子跟了才算作罢。老老实实在四九城做了几年二世祖，骤然听到庆芳成了"贪官"，怎能不惊骇？

庆芳在林升迁心里一直是奉天朝的不贰臣，他要是坏的，朝廷里哪还有好官了？

想起这个，林升迁又要掉眼泪。省得陈爵爷没兴致看他哭鼻子，使劲儿憋回去才道："我爹本是不准我来的。但是……我约莫猜到跟那起案子有关，他是在这儿被抓的。我纵无用，到底比旁人用心。"

林升迁的话说得云里雾里，东一半西一半，柳十方没听明白，陈爵爷却是懂了九成。

他前些时日跟林元恪说过，让他安插一个得力又不扎眼的人来蜀中做官。这一带不招人待见是出了名的，管辖内的几处县丞至今还有空缺，买下一顶官帽并非难事。

他要彻查庆芳的案子，不能只守着一个天井城。大兴县是处好地方，常来常往的"买卖"都在这处进行，他早盯住了这个地方。不过行动起来是需要有人配合的，这个人不能是民，必须是官。官与官之间，才会因为利益往来说出些真话。

而陈怀瑾之所以找上林元恪，一是这人素来老实忠正；二则他是柳致远的老部下，同在户部主事。他需要派来的人得用，也需要派来的人是自己人。

再次将视线落回到林升迁身上，陈怀瑾问道："买的是哪里的官？"

这是很温和的态度，还是让林升迁情不自禁打了个结巴。不知道为什么，他从小就怕这位比自己大不了几岁的舅舅。大冬天旁人都守火炉子，偏他抱药炉子，有事没事都要吃药，终日像是病歪歪的，其实只是一味地懒。

模样自然没得说，满奉天朝去找，也只这一份。偶尔一斜眼，还偏些女相，招女人疼，也招女人爱。可他仍旧怕陈怀瑾，因他见识过陈怀瑾在官场上的手段：乖戾，精狡，喜怒不定。

"大……大兴县的。卖官的说这是个闲差，卖得也便宜，之前那个人高升了，急需人补。"

"来了想怎么做？"陈怀瑾又问。

这句话把林升迁问着了，拧着眉头愁了好一会儿才说："我并没有什么头绪，就是觉得庆芳是被冤枉的。我爹说要派个人往这里来，我就打晕了他侄子，死皮赖脸地来了。他老人家还因为这事儿派人追我来着，我带人从水路跑了。"

"嗯……"陈怀瑾一点头，埋首玩了一会儿大拇指上的扳指，彻底厘清了思绪。

他问林元恪要人，林元恪立时就给办了。原本安插了自己侄子来配合他，结果被心急救庆芳的林升迁半路插杠子，打了一记闷头棍。

林升迁不知道他到这边当官是他授意给他爹的，纯粹是雾里看花一副模样，凭着一腔孤勇，就这么大老远地跑了来。

桃花眼向上一挑，他看得林升迁又是一哆嗦。

年轻白净的孩子，加上一点儿瘦弱书生气，是很难不好看的。就是总一惊一乍，被先生拎了耳朵的架势太没出息。

他如今可以确定这厮就是京里给他倒腾来的人了，虽出了一遭半路乌龙，还不至于不能用。

怜爱地摸了摸外甥的脑袋，他希望可以给他一点儿长辈的温暖，让他不要那么怕自己："过了官道再行一日便到大兴县了，上任以后便立即给京里去一封信，让你爹多安心。"

"嗯。"

"见了我的事儿也不必瞒着，便说我已知晓你到了。"

"嗯嗯……"

林升迁点头如捣蒜，浑噩的脑子先时还蒙着，点着点着，突然就通透了。仿佛立刻找到了又一个亲爹，将方才的惊和怕一股脑抛了出去。

"所以？"

他反应慢，却并非无脑，眼见着陈怀瑾对他的到来没有任何讶色，便猜想，他定然也是知道此事的。不光知晓，很有可能派人来蜀中就是他的意思。

"您和十方哥哥也是为这事儿来的对吗？那咱们……可以联手想办法救庆芳了对吗？"

相较于林升迁的兴奋，陈爵爷的面部表情依旧趋于平淡。

他没想到来了个蠢的，但是蠢也有蠢的好处。林升迁拿庆芳当兄弟，不会有外心，倒比旁人忠诚。

随手扔了只竹筒出去，他暂时不想跟他细聊。筒子自己会"飞"，扔到半空就炸开了。

升迁不知道筒子是做什么用的，直愣愣地盯着那团飘起的红烟，还在歪着脑袋研究。听到陈爵爷漫不经心地问："总共就这么点儿粮食？"

"啊，就带了这些，估摸着走一小程就有驿站了。"

陈怀瑾单手一撑跳下马车，掂了掂点心匣子。又问他：

"银子带了多少？"

升迁说："我是偷跑出来的，胡乱揣了五百两。"

"拿来。"

林升迁不明就里，掏出一沓银票双手递过去，眼睁睁看着他的小舅舅把钱全部拿走，揣进怀里去了。

紧挨官道的树林子也在这时传出一串脚步声，不知从何处走出十几号蒙面的匪众。

原来刚刚那只烟幕弹是用来叫人的。

"瑾公子，二爷。"

匪众们看着也不像匪众，统一的瘦，老人，妇女，甚至还有半大孩子。

陈怀瑾比了比装行李的车。

"都抬走吧，回去告诉大当家的，今儿收成不大，撑三五天是够了。晚些时候我们回去，进趟城。"

陈怀瑾一边说一边数银子。

居然连自己外甥的东西都抢。

柳十方冷眼瞧着没皮没脸的陈怀瑾，溜达到马车旁边，抱走一床锦被。

"舅舅，我能做点儿什么？"

外甥还是那副傻面孔，眼见着人去物空才露出哭脸。

都拿走了……他拿什么救庆芳？

"之后自然会告诉你，你盯着我的银子做什么？"

陈爵爷莫名其妙地看了外甥一眼，仿佛到了自己手里的，就姓了陈。

"我……我想用银子打通关系，买点儿消息出来。"

外甥在身后一根轴似的跟着他，嘴里念念叨叨，一个不注意，鼻子撞到陈爵爷后背上。

我这样是不是不好？

他看他外甥又要哭了，自我反省了一下，从怀里抽出一张银票，以一种长辈派发零用钱的架势对林升迁说："拿去花。"

打发走林升迁以后，十方和陈怀瑾便去了距天井城不远的烟波县。

这是距山内最近的一处县城，无法跟大兴县相比，最大的米铺也只包子店大小。

林升迁这一"单"劫得并不阔绰，山里百来口人，不能指着三匣子酥饼过活。他们需得再买些粮食回去。

方才那通对话，十方也听明白了，知道陈怀瑾动用了关系，着人来蜀中做官。

衙内无人寸寸难，他们现在只解决了天井城百姓的温饱，官内的人还没见到过。押送假银之人既是葛蔺晨的亲信，自然也应该是在这一伙人中。

然而，大兴县城内部势力错综复杂，以百姓身份打探很难获得更多证据，不若顺藤摸瓜，直接出钱买官打入内部。

林元恪是个谨慎人，买官一事纵然没有细诉，十方也能猜到必然九曲十八绕，托了很多下层关系。葛蔺晨既然敢放手下的人出来卖官，自然也会做防备查验。百姓不懂官场猫腻，当官的却心知肚明。

一招请君入瓮做得天衣无缝，唯一不尽如人意的，便是这次负责"请君"的人是林升迁。

林升迁有多大能耐，早在十一二岁的时候，十方便看出来了。

哭包一个，跟他一样爱掉眼泪珠子。不同的是，十方的眼泪是故意流的，林升迁的眼泪，是扎扎实实的伤心。

"怕疼得很。早些年跟我学做火雷，火星子溅到袍子上，哭了半个多时辰，就因为极爱那一件。"

他这般想着，便这般念叨出来了。

念完以后，觉得想出请君入瓮主意的陈怀瑾也是颗狗脑袋，这么大的事不让林元恪盯紧了，居然跑出这么一个东西来。

不过这话说到底又是没奈何。

谁想到这小子敢不声不响地把林元恪的侄子敲晕呢？

"窝囊的人也有用处。越是这种看着不成事的，越不被人防备。"

陈爵爷知道十方想的是什么。

午后的地面热得烫脚，两人走到一处茶馆歇了歇。这会子脸上又都覆上了"人皮面具"，皮是面做的，大体改变了一些容貌，比遮脸的黑布透气，却仍旧是闷。

外面到底不比天井城，要防着探子。三皇子那边即便焦头烂额，也难保会派人往蜀中盯梢。

十方是副"懒骨头"，陈怀瑾坐下，他便也跟着坐了，两个人要了一壶茶，边喝边纳凉。

茶不是新茶，不知反复煮用过多少回。叶片也不成叶片，喝急了就能吐出一嘴茶叶渣子。

十方边吐边将视线落到脚边的麻布袋子上。

刚才在市集里，陈怀瑾买了一袋白面、一袋大米，一人一袋地拎着。十方瞧着比往常置办得少，便问他："还要往别处去吗？怎的不一起买了？"

过去两人进一趟城，至少拎回四袋米粮回去，今次少了一半，他却像并没有再买的意思。

风依旧是恼人的热浪。

陈爵爷饮下一口热茶，后背便起了一层薄汗。

蜀中一带自来没有能透不出沁凉的天，即便离开瓮井似的天井城，依然是从一锅"热汤"泡到另一锅"热汤"里。

"不买了。"他摇头。

劫财买粮本来就不是长久之计，他们来往县城，次数太过频繁也容易遭人侧目。

不买了？十方纳罕。

随手拿起桌上不知谁留下的蒲扇，扇两下。

"不买，里面的人吃什么？"

算上现下的粮食，他们多说吃半个月。

陈爵爷还在慢条斯理地喝茶，碗边有些烫，便向十方招了手。

十方附耳过来，听到他说："扇子借我扇一下，热。"

十方眯缝着眼睛就要干仗。他恍若未觉，扇着蒲扇凉快了一会儿，才再次招手，如此这般地耳语一番。

十方的面色从气愤到困惑，再从困惑到舒展，末了看了陈怀瑾一眼。

"你果然是个精的。"

他说的这样法子，做好了，便是一劳永逸。再将法子细思了一遍，他问陈怀瑾："所以我们只需备下半个月口粮，等着林升迁过来就是了？你觉得那小子靠谱吗？我怎么瞧都不像是能办好差事的人。"

"能不能办，总要试试才知道。"

陈爵爷转两下茶碗，又听十方问道："那你既已想到了这个主意，又抢他那么多银票做什么？"

他的法子是空手套白狼，银票落到手上，完全是无用的东西。况且，天井城里又没有值得花钱的地方。

十方如此想便如此问了。

"谁说在天井城花了？"陈爵爷一脸莫名，"我是要买自己用的东西。紫檀香炉、八宝屏风、梨木小几……"

他一会儿还要往老木行去，好些日子没过有钱的日子了，这会子抢了大钱，为什么不享受？

"你要往天井城里搬紫檀香炉？"十方瞠目结舌，"你有病吧？住在村里用那么好的东西干什么？"

转念一想，这人素来享受惯了，一身的臭毛病。到了天井城见天过得像个破落户，当然要趁着这个当口找补一番。

想完以后，他有点儿幸灾乐祸地撇嘴角。心说你就败家吧，败完以后看三宝怎么数落你。又思及自己跟三宝从来不这么穷讲究，俨然才是同道中人，又是一笑。

"我们两个在关外那会儿，吃土吃风，从来没一个说苦的。那时候也没甜头享，大漠孤烟，能见着点儿水都像过年。那会儿我还病了，嘴上起了一层泡，吃不进东西，三宝就跑到百里外用树叶子装了水回来喂我。"

这话说起来就没头了，仿佛又见了黄土飞扬的漠北城。城里日子不好过，前有外敌，后是荒地，三宝和他，他和三宝，全是相依为命亲密无间的日子。

十方想得出神，笑得甜腻。明知道陈病秧子听不得这些，偏要添油加醋编造一通。

"我跟你说，你们两个也就是一纸婚约的关系。她真嫁了，也是皇命难违。你觉得你们真是能在一块过日子的人吗？你那些穷讲究，放在军营里，老爷们都看不惯，更别说她了。我十几岁就跟她长在一块，她什么脾气我会不知道？"

手里的茶凉了，他痛痛快快地饮了一口。抬起头，想看看陈怀瑾被自己气成什么样了。

结果长凳上的米粮不知什么时候被拎走了，本该听"故事"的人，也不知道什么时候没了影。

把他扔在茶馆子里了！

陈爵爷是个到哪都能把日子过得任性又富足的人。这种富足，不仅止于吃穿用度，更重要的一点，是一定不会将看不惯的人和东西，放在眼前添堵。

柳十方就是他看不惯的"东西"。

乔灵均进门的时候，陈小爵爷正仰躺在一把雕花太师椅里，吃新下来的果子。果子和椅子都是新买的，此外还有绣着八仙过海的桃木小屏风、八宝砚台、白瓷笔洗。统一不及他常用的十分之一好，却统一满足了暂时的不足。

乔灵均刚从外面回来，左手拿着一把小弓弩，自己做的，材料就地取材，是产自天井村的大林木，表面被她磨得光滑精细，很称手，所以心情跟买了东西回来享受的陈爵爷一样好。

"她们说你买了好些东西，我还当是玩笑。你发大财了？"

屋内摆设焕然一新，放在这样的乡野地方堪称奢华。

一瞬间，甚至让她有回到了敞亮的太守府后院之感。太守大人坐没坐相歪在椅子里，端的玉面星眸，神情有些若有所思，却并不影响他风流倜傥的世祖模样。

他招手示意她过来。

过去她是极看不惯这些的，觉得男儿应该都是他们那一路精壮笔直。然而他自生自带就是这般闲懒。便是查案时的精狡，也常隐在这副漫不经心的外表之下。

看久了便喜欢了。

像书院最不爱读书，却仍然成绩优异的学生，讨嫌又招爱。

简单浏览了一遍屋内的新添置，她笑得有些无奈，一边走一边问："怎么搬进来的？费了好些功夫吧？"

陈怀瑾托腮看着她满头的汗，没将自己花重金叫人抬到山外的事儿说出来，只笑问："大暑天的，你折腾什么来着？"

他发现她一到这种山野地方就喜好撒欢，仿佛原本就是一位野人，重归故里，必要好好"入乡随俗"一番。

"骑驴来着。你们不是弄回头驴子？我试试合不合脚。"

乔大当家的整个人都笑微微的，自去桌上灌了口水，又去铜盆里擦了把脸。铜盆也是新的，盆底能照出人影，像面镜子。

陈怀瑾便歪了脖子去看。

她将头发全部拢到头顶了，盘了一个圆坨坨一样的髻。弯腰垂首，能看到一截白嫩嫩的脖子。她好像就是晒不黑的，脖子上一层绒毛，在斜穿进屋内的太阳底下映得分明，不必摸也能猜到定然轻软。

陈怀瑾自认并非君子。眼皮抬起又落下，想到这丫头以后会是自己的妻，不动声色地笑了。

然而她洗后过来的第一句话就很让他不快乐，张口就问："十方呢？"

她听匪众们说两个人是一块进城的，回来以后东西见着不少，却独独少了一个人。

陈爵爷收回视线，说："丢了。"

"丢哪里了？"

"不知道。"

也许在茶馆附近转悠，也许转到了更远的地方。

"就不该让你们两个一块出去。"乔灵均扶额，笑斥了一句，转脸就准备叫人出去找，被他长臂一伸拉住了。

事不关己地坐起来，他拍拍她的手背，一本正经地说："找他干什么？过两天就自己回来了。我正好有事问你，趁他不在，咱们坐下说说话。"

"什么话等找回来再说吧。"灵均无奈，"他那个眼神你又不是不知道，靠他自己摸回来，得多少天？"

说完又要出去，他不松手。她踟蹰一下，便就顺着力道由着他带到炕桌边，一左一右坐下了。

由于在哪都喜好歪着，陈爵爷一时没了靠背，觉得累，又扬声吩咐："虎头，拿床棉被给我倚着。"

棉被卷成高高的一卷，他倚舒服了，反而沉默了。

有件事情，他很早就想问了。如今要当面说出来，又觉得不自在。

他想知道她到底来没来过陈府。就是他们刚回来的那会儿，她跳窗户进来说，等他大好了，就嫁给他的话。

他大概觉得，这是欢喜他的意思。但是话没说清，到了天井城之后，又因为接二连三的问题，导致两人恢复成"老样子"。

"我伤时你去看我，走的不是正门。那天的话，记得吗？"

陈爵爷一句看似没头没尾的话，把时间、地点都提了一遍。

乔灵均稍一回忆就想起说的是哪一桩了，眨了眨眼睛，她一点头，大大咧咧地说："记得啊。我说等你大好了就成亲。"

说话还把腿抬起来了，蹲在炕边上，小男孩儿似的捡了几颗花生豆吃。嘴巴一努一努的，吐出花生衣。

她吃花生不爱吃皮。

"记得怎么没见你亲近我？"

陈怀瑾伸手接过来帮她剥，她由着他"伺候"。然而花生豆吃起来快，剥起来却不容易，他剥得赶不上她吃的，便不剥了，告诉她这东西上火，不能多吃。

她就不吃了，歪着脑袋去看他的脸。

"怎么亲近？现在这样不是挺好的吗？而且那天那话其实是我娘让我说的。她说你跟十方早晚打起来，让我先稳住一个。"

"你娘让你说的？"

歪在棉被上的陈爵爷长睫一掀，很明显不痛快了。

再思及今日茶馆十方说的，她若嫁你，也是因为一纸婚书，你们根本不是一类人等"大逆不道"之言，脸色便顺理成章地沉静下来。

他常年喜怒不形于色，再大的气放在脸上，也只剩下寡淡。

九爷跟小爵爷也打了将近两年交道，知道此时的这张脸，代表的是非常不高兴。脚丫子一收，小胳膊横穿小炕桌，她费劲地把手搭在他肩膀上，语重心长地说："话是我娘让说的没错，但也是我自己的意思。反正我早晚都是要嫁给你的，早点儿说早让你安心。而且你有点儿丫头性子，心眼小，好琢磨，不像十方那么好糊弄。"她说渴了，拿起他刚才吃了一半的果子咬了一口，很认真地讨好。

"挺甜的，你再吃一口吗？"

陈爵爷睨她那副没心没肺的样，反而被气笑了。长腿一伸，他穿过炕桌不轻不重地踢了她一脚。

"不吃。你自己活得不男不女的，就说我性格像丫头。我是跟你过日子，不是找兄弟搭伙。你把这些想明白了再来说嫁我。"

语气虽无甚好气，却并没有动怒，想来这结果在脑子里也是过了一遍的。

乔将军显然不认同这句话，并且为了说明自己区分得出这种喜欢，穿鞋下地，很直接地拥抱了他。

"喜欢就是喜欢，还分哪种喜欢吗？就像我刚才那样，换作十方我就不会。换作旁的军营里的兄弟，也不会。我自幼在军营长大，男女之间的事，确实较常人糊涂一些，但你也莫将我想成榆木疙瘩，我对你的欢喜自来跟旁人不同，我是很清楚的。"

乔灵均个子矮小，张开双臂嵌进怀抱中的身躯也是小小软软的一团。她是一鼓作气地想让他明白，自己懂得两者的不同。未想到这份猝不及防的亲密，让两人同时愣住了。

三伏天的衣料轻薄，人的体温便愈加感受明显。他没有想到她会突然抱他，她也没有想到这一抱，会让人心中如此小鹿乱撞。

一时间，她抬头，他低首，呼吸相闻，心跳猝不及防地加速。

她迅速就想松开手，被他眼疾手快地揽住了腰。

"抱完就想走？"

男人低沉的嗓音在头顶响起，精致的眉眼近在咫尺，招摇桃花目，一抬一落。

她也乱了他的心。

乔灵均没有跟男人谈情说爱的经验，如此亲昵的举动也是"大姑娘上轿——头一回"。一时心头打鼓，酸酸软软，竟是有些怯了。怯不是好怯，还有一点儿异样的紧张和慌乱混杂其中。

但是她不想露怯，梗着脖子回了一句："我是想去看看十方回来了没有。"

"是吗？"

耳朵里灌进一声笑，胸腔震动，刮过她的耳部轮廓，有点儿痒。

他把头压低，直抵上她的额头。

"我也没跟别的女人这样过。你慌什么？"

这种感觉对于彼此来说都是陌生又沉醉的，她的脸腾地红了，白生生的脸面飞上霞色。他凝着她，血气方刚的年纪，这点儿亲昵远远不够。一旦亲近了，就想再近。

乔灵均的眼睛是典型的杏眸，眼神晶亮有神，眼尾又较寻常杏眼长，带一点儿媚色。顺着娇挺的鼻梁向下看，唇不点而红，唇珠微翘，圆润柔软……

"喀，大白天！"

她使力一推他，不敢再看他的脸。他见好就收，顺势松了手，也暗暗呼出一口气。

女人的滋味，他没有尝过，但是世祖圈的公子哥儿们总不乏一些得了甜头便四处炫耀的人。他听过，也见过。官场应酬，推杯换盏，吹拉弹唱的姑娘身上总有很重的脂粉味。他不喜她们的，却独爱了眼前这一个。

香软，娇嫩。几个词在眼前晃了一圈，刚刚差点儿就……

喉咙有些干渴，他回身为自己倒了盏茶。

"晚上可以？"他问她。

被她直接伸出拳头捶了。捶得力道不大，难得露了几分恼羞成怒的娇态。

"晚上拆了你的骨头！虎头虎脑！赶紧叫人出去找二爷去！"

说完便跑了。

破旧的小院，燥辣的骄阳。门里门外的两个人，都在脸上挂了几分初尝情味的羞涩甜腻。

原来是这样的滋味。

陈爵爷很是心满意足了一个下午。

他在心满意足的时候，对谁都有一副笑模样，还破天荒地把早上的碗给洗了。他是最不爱做这种杂事的人，但是由于心念所想皆是喜事，因此几双碗碟也变得可爱起来。

"公子，洗碗不是把碗泡在水里就行了，得刷。"

虎头虎脑跟了他一下午，眼见这人把碗扔到溪水里就不动了，实在没忍住，提点了一句。

公子并不在意这些细节，抬袖一指，吩咐道："扔了吧，反正今天抢了新的。"

那还泡它做甚？俩孩子也不敢问。

又听到公子说："大当家的在做什么？"

虎头虎脑对视一眼，知道公子不喜二爷，又不得不提二爷。

"大当家的，带人去找二当家的了。"

还有点儿腹诽，不是说亲兄弟吗？您就大热天给人扔到外面。然而这话到底也不敢说，因为公子蹙了眉。

柳十方是乔灵均的亲信，他知道她很拿他当一回事。换句话说，所有跟她出生入死的兄弟，她都一视同仁地维护。

然而这种维护于十方而言就大大不同了。

他拿捏不准自己喜不喜欢乔灵均，心里却是扎扎实实对所有靠近她的男性都怀有敌意。灵均偶尔也怕了他，闹起来太孩子气，像要不死不休，着实是个问题。

晚风终于有了一丝凉意，陈爵爷便挑了一块石头坐定，问虎头虎脑："你们觉得十方和我谁更好？"

这个问题要是扔到陈叔或是陈府的任何一个奴才面前，都得说是陈爵爷。

因这家伙是个阴阳怪调的性子，这句问话也不是问，而是就是在等着人说"你好，你最好"。柳十方是个什么东西，还能跟您相提并论吗？

可惜孩子不会撒谎，并且觉得，他们的公子是废物，除了抢钱和打架一无是处。二爷也是废物，且更加不如公子，因为他不认路。

公子先时也不认，但是勤勉，丢了三四次就知道怎么走回来了。二爷丢了几次也不长记性。两大废物并排而论，形成不分伯仲之势，便干脆都没吭声了。

挑不出更好的。

与此同时，大兴县的原县老爷李培玉，正在萧庭舞坊"头魁"梅艳红跟前吃酒。酒是好酒，人是美人，水蛇腰裹在猩红一卷绸缎里，柔嫩莹润。眼梢抬起，是一种稚嫩又纯熟的风情。艳红叫了声："冤家，你做什么作死地看我，好像明日便见不着一般？过去你可说过，你升了大官，便带我一起离了这地方，若是敢反悔，看我不闹到你那老虎精投胎的夫人面前。"

李培玉对这声"冤家"是极受用的。艳红的语调又惯常地纤细，百转千回，耳朵和身体都随之舒坦。

然而后面那段话，没一个字是他愿意听进去的。因为他的高升，乃是他家的"老虎精"出钱为他买到的另一顶官帽。他早不爱老虎精，但老虎精手里攥着他的"钱程"，有钱就有前程，有前程就有美人。换了地方，还怕没有下一个艳红吗？

而且这个小蹄子近段时间着实黏人，听说他要走了，三天两头地催人来找。他生怕她闹到家里去，少不得在临行之前跟她告一告别。

二两黄汤下肚，他拍着艳红的手颇有些难舍难分地说："可人儿，老爷要走了，带不得你，今日带来的匣子里，有三百两银票，也算没让你白伺候一场。下一任县官，听说还是个年轻后生，你便留下，万一他愿收用，也未尝不是好去处。我家的后宅，是住不进人的，能住，老爷也不会时至今日，一门妾侍也无了。"

他说得悲切，甚至被自己感动了。他虽然没让艳红进自家的门，却着着实实为她留了一份体己。如此一来，倒也顺势想起一些艳红的好处来。

会算账，懂世故，比身边的师爷都要强上许多，便是手里曾经的一些"生意"，也交她打点过。

艳红心里却冷得像团冰窟窿，再冷，面上也仍是一团火热。李培玉对她来说不只是"买卖"，甚至在他说出"带不得"的前一刻，她还觉得自己深爱着他。

"怎的就带不得了，我就将将做一名丫鬟，暂且进了宅子还不成吗？左右我应承你，不再同她斗嘴耍狠便是了。"

李培玉见艳红话里带了哭腔，心也跟着被撞了一下，手掌一收一握，他将她拉了满怀。

他是极爱这副我见犹怜的模样的，略显老态的眼底现出一抹惆怅。

"大人自有大人的难处，你我虽则恩爱不长，我心里却已是住进了你的。可惜事事无双全，凡事便看开了去吧。大人若真带得，自然便带了，你是聪明的孩子。"

李培玉的这番话，再次将自己感动到红眼。

艳红的眼圈也红了。

不同的是，刚才那双剪水似的眼睛里，氤氲的是娇滴滴的一汪清泉热泪，蓄起来，落下去，是单薄几行清泪。现下这通红，是气的。

艳红当场翻脸了，水蛇腰不再婉转，打直一站，她叉腰点着李培玉的脑门，似笑非笑地骂道："什么叫带不得我？带不得我，早先招我做什么？我可告诉你，李培玉，姑奶奶从跟你那天便打的是入府为妾的准备。你现在官大心大，不将我放在眼里了。那么好，索性撒开了去，你敢走，我就敢跑到母老虎那里彻底闹开！"

"官场里那点儿事，你在我这儿做得一点儿不背人。你若是不帮我进府，我便跑到外头，将你那些丑事全部张扬出去。便是咱们蜀中那位葛大人，我知道的事儿还少吗？你们甭想一推二六九，拿我做粉头耍！"

李培玉第一次见艳红撒泼便是现在。

细长的眼睛眯起又松开，他觉得这副架势实在熟稔得紧。不正是和他们家老虎精发飙时一模一样吗？

然而艳红纵然再凶，总还是漂漂亮亮的一张脸蛋。

手里的酒盏抬起又放下，他还是愿意好声好气地哄一哄她。

"艳红，你小点儿声，咱们有情谈情，有钱谈钱，你扯葛大人做什么？再者，老爷也并没有亏待于你，除了名分，我留下的这些，足够用到你半老了。"

艳红此时哪里还听得进劝，手心发抖，心头烧灼，一把甩开李培玉伸过来的手。

"扯他怎么了？你怕了？我可不怕！他葛蔺晨在蜀中一带饿死烧死打死的人还少吗？蜀中都快成他的土皇帝窝了。三百两银子就想打发我，真当我是好拿捏的兔崽子了！"

梅艳红的话撂得厉害，其实本身只是一个十四五岁的小姑娘。由于模样生得可人，从在舞坊登台开始，便一直被老板和看客们宠得无法无天，现在这副凶悍模样也是头一遭展露。

坊内薄情客总在临别时遭几通大骂，她在姐姐们那儿听了看了，便也无师自通了。

艳红又自认与旁人不同，她是清官人，只卖唱卖舞，所以自恃高贵。自遇到李培玉开始便专心拉拢哄诱他一个人，费了如此多的心血，怎能愿意竹篮打水一场空？

艳红没有想过，官场上的人毕竟不比市井。这类人做什么事，弃什么物，都如泼出一盏茶那么随意。

知道得越多，死得越快。

李培玉原先是想给她一条活路的，因此好说歹劝，如今眼看收不住，便自觉仁至义尽了。

喝光了杯中浓酒，他摇头叹息。

"那真是可惜了。"

两个时辰后，艳红被衙役们用一张草席子卷着，扔到了距大兴县不远的一处小山坳上。山坳常年杂草丛生，尸横遍野。虫鸟从不在此长落，因为没人敢埋，发臭放腐，没有好味儿。

县里面常有不听话的人，被卷到这里"晾干"，年头久了，便都知道这是无名的乱葬岗了。

第二章

君心
不似我心

乔灵均是按照反方向去找十方的，凭借她对十方多年的了解，闭着眼睛也能猜到，他定然是走到大兴县一带了。

他选的路永远是反的，只要有岔路，一定选择错误的那一条，从来如是。

夜路坑坑洼洼得，很难走，她眼神清明，倒是无须火把，只将没心没肺在家吃药的陈怀瑾在心里骂了一通。

十方丢了两天了，孔老爷子都急得坐不住，他仍旧跟个没事人似的，终日养花看鸟。院子里一股子药味。他自来不缺熬药的兴致。旁人若是多问两句，便不耐烦了。抱着药炉子回自己屋里，继续熬煮。

乔灵均骂着骂着就笑了，不知道为什么笑，反正无端想到便会想笑。

空旷四野只有几只猫头鹰鸣出几声"孩子叫"，连同夜色一起蒙上一层凉意。山风徐徐，灌进一鼻子腐朽之气，阴冷冷地瘆人。然而乔将军常走夜路，并不拘这些，走累了，便随意找了处杂草丛生的地方坐了下来。

手在地面上划开两下，是在确定有没有蛇虫鼠蚁。指尖触到一点儿麻硬之物，是块草席，便伸手扯了，垫到屁股底下。

然后，她坐疼了一个人。准确地说，是差点儿坐死一个半死不活、只剩一口气吊命的人。

她将将便坐在她的胸腹之间，坐没了她大半口气。耳朵里灌进一声低哑惨叫，乔灵均一愣，随之在脸上涌出一种后知后觉的愧疚，吹亮火折子端了端那人的脸。

面色斑斓如七彩绸缎，伤口或明或暗，或深或重。

这个地方有个别名叫死人冢，死人或为流民，或是一些衙门里说不清道不明的官司，常有扔卷。枉死之人尚不算稀奇，碰见一两个半死不活的，自然也无甚好惊的了。

乔灵均不做深想，探出两指伸到那人鼻端。

"还有进气儿。"

她自言自语。

"有……没死。"

柔细的一副嗓子，因为干裂的喉口早已粗哑，但是能够看出，她在拼了老命想要弄出一点儿正常的动静。

她怕来人被她吓跑。

她躺在这里熬了两天，风吹日晒，足足二十四个时辰。她知道自己存了口气，有这口气就一定要活着。

她已经忘却自己是怎样撑过来的了，总之，在这一刻，她觉得自己很勇敢。

"别……跑，有水吗？"

乔灵均有些歉意地摇了摇头。

"只有酒。"

她爱饮酒，因此身上常年挂着一只酒葫芦，壶盖开启，便有一股浓香。香气醇烈，并不适合"将死之人"。但是"死人"已经百无禁忌，艰难地挤出一个字："喝。"

灵均笑了，还挺硬气。

火折子点起一捧火堆，照出一小片光亮。她喂她饮了两口酒，借着光亮再去打量。

她发现她身上的衣服还算是整洁的，能够模糊辨出是一个姑娘。衣服的料子也张扬精细，是很正的绯色。长相就瞧不出来了，脸面和脑袋被重物砸过，肿得很厉害，含蓄一点儿说……是一个猪头。

"猪头"这会儿方喘匀了气儿，强行撑开半边青肿的眼，很坚强地打量回来。

救她的是个女孩儿。

再打量一眼，是个个头很小的女孩儿。

个头很小的女孩儿能不能救自己的命，就只能听天由命了。但是话还是要递出去的："恩人，奴家若不死，定会记着你的情的。"

说完这句，艳红便直截了当地晕过去了。

乔将军不是一个爱管闲事的人，但闲事是条命，少不得就要想办法救回来。

天亮以后，她去大兴县城买了几粒药丸，大夫说，轻者一粒，重者三颗。她盘膝皱眉，觉得此人应该是重中之重，便喂了五颗下去。

要说艳红也是命硬，李培玉找来三名打手，齐心协力将她打得不成人样，没将这口气断了。虎狼大夫乔九爷灌了五颗保命丸下去，也没断，竟然悠悠转醒，能说出完整的话来了。

然而这话，于乔将军来说，实在是不如不说。

因为她将所有气力都用在了骂人上，并且由于仍然处在吊命阶段，发出来的声音只是哼哼唧唧的一串嗡鸣。她一嗡鸣，乔小将军就觉得脑袋疼，恍若突然养了一窝子苍蝇，苍蝇还在不断繁衍苍蝇。

她自来是不会哄女人的，最后干脆喂了点儿酒，喝多了也就睡了，睡醒了再喂，脚下不停，也不找十方了，只想将人赶紧带回去。

灵均终是把"哼哼唧唧"的艳红带回山里了。

说是带，其实是用扛的。她看着个头不高，却很有一把力气，艳红被打得没了人样，站不起来，便干脆继续用草席子卷着。路上遇到好事的询问，她便大方解释说，是邻家的妹妹死掉了，想找处风水好的地方给埋了。

艳红便在这时老老实实地装死人，一个气儿也不出，一声也不吭。

她那会子已经骂够了，开始猜测这个力大无穷的姑娘到底是做什么的了。

村里孩子都有把子力气，但她的力气是不是太大了些，好像能劈山拔树。再看那模样，虽将脸面抹得乌黑黄白，一对眸子却是亮得出奇。

不像寻常人啊！

艳红一路思忖着，没思出什么有用的东西，便又在心里骂起了丧心病狂的李培玉。

她好歹伺候了他一场，他怎么就能如此对她？想完以后又是心疼又是后怕。眼泪淌了一草席子。心内不断感叹，若说风月场上是人吃钱，官场上便是人吃人了！

她涉世未深，又遭此大难，真真是怕了。怕到乔灵均问她，你因何被人毒打，丢至荒野时，迅速谎称："奴本是良家姑娘，被嗜赌成性的父亲卖到舞房。"

后面的故事是很俗套的，无非一个屡次逃跑，惹怒掌柜，被毒打一顿扔尸荒野的情节。

艳红脑子里这会儿有些智慧了，知道自己身上的衣物掩饰不掉脂粉的出身，便干脆以此为蓝本，编造了一条条理由。

"奴本名为艳染，父亲是寻常一名铁匠。由于嗜赌成性，败光家当之后，便把我娘一起卖了。"

"家里没有男丁，自来就是几个姑娘，前面三位姐姐都嫁出去了。我模样生得最为出挑，我那会算计的爹，便顺势卖了一个好价钱。"

灵均问："路上骂的是谁？"

她便回："是个老不死的员外，我未被卖掉之前，曾经跟他眉来眼去过一段时间，他说愿收了我的。没想到家里婆娘厉害，他怯了，便把我扔了。"

艳红隐藏这些也没旁的弯弯绕，就是好不容易能苟延残喘，再不想牵扯出过去种种。"老不死的员外"虽是假的，却也填了几分真心实意的怨恨。

听说乔灵均是打天井城去，便更放宽了心。那地方虽则苦，到底没有衙门里的人会认出她。

她现在就是想活着，活到哪算哪吧。真死在那儿了，也比被那群畜生不如的东西打死体面。

"村里不至于饿死，但有进无出，你来了，便不要再下山去了。"

乔将军也是这个意思。

艳红是外人，尚且不知山内情况，既然同为可怜人，救下了，便望她安稳度日。山里现今不愁吃穿，村民质朴。艳红若肯入乡随俗，那便最好。若不肯，跑出去传了什么话，九爷也定不会饶她。

"奴家来了自然不会再走的，您是恩人，当牛做马艳染都肯。"

"不用你当牛做马。"

扛着她的乔小将军笑了一下，娃娃脸配着一排贝齿，和善又可爱。

"我也不惯被叫恩人，叫我小九就行。他们都是很好相处的人，村里也自来和睦，相亲相爱，不必担忧。"

她那时并未想到，那句话音才落不久，就迅速被打了脸。

两人是日落西山时进的村，来往村民似是许久不见灵均，刚跨入村口，便被簇拥着迎了进来。

艳红卷在草席子里，被三根麻绳由里到外捆住，是方才乔灵均扛她上山时担心摔出去的缘故。

又因为这种包裹方式让她看上去并不像一个人，而被热情迎接的村民们当作大当家带回的新物资，堆到了一户四合院门口。

艳红自来爱漂亮，知道脸面肿如猪头，也不急着出去。眼见一群人渐行渐远，便想着等上一等。

然而这一等，竟是整整半个时辰过去了。她有点儿怕小九把她给忘了，正准备出声叫人，就恍惚听到人说，里头两位爷又打起来了，大当家的一溜烟躲到山上练兵去了。

练兵？当家的？这是处土匪窝吗？艳红也没心思想这些，左右，还能有比落到衙门更惨的地方吗？不会了，再也不会了。

但是转念一想，来时小九不是说过，这山里的人都特别和睦吗？怎么……

"砰！"

从草席子里一点点爬出来的艳红，被四合院里突然的一声炸响，吓得差点儿又哭出声来。

乔灵均是半夜回来的，她没有忘记艳红，并且因为在来时喂了她不少东西，并不担心她就此饿死。

乔灵均只是一味地不打算进院子。

孔老爷子说，十方是比她早半个时辰回来的。回来以后饿得够呛，填饱了肚子就撑成了一只好斗的公鸡，呛毛地向公子屋里冲，拦都拦不住。

灵均心想，老爷子，那是您不知道这两个人在京城动军队打架的事儿。京官都拦不住的事儿，咱们这地方就更别提了。

乔灵均跑来解救艳红的时候，艳红正在草席子里瞪着眼珠子数星星，骤然看到头顶一张微笑的脸，很直截了当地说了一句："我听到了……爆竹声。然后刀光剑影，东西碎了，你说你们这个地方很和睦，是真的吗？"

乔灵均说："真的，这只是极其罕见的现象。平时不会动这么大的气。"

艳红便问："那么你跑什么？他们都说你跑得比兔子还快。里面那两个，你管不住，是吗？可他们都叫你当家的，这个家，你当不当得了？"

乔小将军抓了抓头上的圆髻，似有些挂不住面子。

"过去是当得了的。"

她好歹是将军，统领过千军万马，能说当不了吗？但是现在，好像就真的有点儿难。里面那两个……她帮谁都要伤另一个的心。

十方虽比她大，但她心里已然将他当作弟弟，跟她一起出生入死过。并且这次确实是她家那个不着调的给人扔到外面的，不占理。

这话再说回来，占理也不好帮。

"难啊！"

乔小将军打了三年仗都没觉得这么难过，蹲在艳红边儿上，随手拔了根甜秆在嘴里嚼了两口，吐出来。她像个小爷们儿似的，惆怅无比地仰天叹了口气。

"所以你是后院起火，对吧？"

艳红则是男女情爱中的"精英"，虽在上一段感情里一败涂地，却自认将这些情情爱爱看得很是通透。

她告诉乔灵均："这就像男人，屋里一个正房，一个小妾，真正吵嚷起来，你是连门都不敢回的。那你现在第一个想到的正房是谁？"

乔灵均没有什么真正意义上的女性朋友，副将如袭取、跛脚丫头之流，也皆如男人一般，同自己不相上下的不懂情事，甚至还不如自己。如今救回来一个娇滴滴的会自称"奴家"的姑娘，倒竟似明白的。

于是便依照心中所想，指着陈怀瑾屋子的方向说："知道，那里面有我想嫁的人。"

"那就大胆地跟另一个妾侍说清楚。"

"怎么说？"

乔灵均认为艳红只剩下半口气在了，自己救了她，也顶多是多给了她一口气。

而仅有半口气的艳红，在说起"男人经"的时候却非常清明，一双眼睛在月光底下都能放出光来。

她前前后后大致给出了不下五个方案，教导她如何摆脱那个"小妾"。

乔将军听在耳里，记在心上。

良久方问："你不累吗？之前不是还说身上疼？"

艳红后知后觉地感受了一下，这才知道龇牙咧嘴了，说："疼。你先把草席子上的绳子帮我松开，我喘喘气。"

乔灵均带着艳红在孔老爷子家躲了两天，两天里，艳红像是摆脱了回光返照，再没精力多说一句话的纸片人，哼哼唧唧地号了好几个时辰。

艳红的嗓子又偏于纤细，叫得左邻右舍来回问了几次，是不是院里招了狼。

艳红的药效退了，旧伤加心伤，让她再次自怨自艾地想哭。乔灵均无计可施，只能大半夜地把人背回四合院，悄没声息地跳进了陈怀瑾的屋里。

她是最怕麻烦的人，因为怕麻烦，所以院里这两个小子一打架，她就巴不得躲到天边去。

然而偏生自己带回一个麻烦，哭啼吊嗓之势，决然不亚于其他二人，又只能郁郁寡欢地认了。

"爷，跟您请个安，再求您一件事儿？"

若说陈小爵爷是天然的世祖做派，那么乔将军在很多时候，便是扎扎实实的市井一流了。她年纪小的时候，就是个无赖，混在男人堆里，一样好的不曾学到。因此讨好说情，便是一副涎皮赖脸的模样，看得被她背在背上的艳红只咋舌。

屋里没有掌灯，屋内的人却也并没有躺下。

半敞的窗棂里映出一张公子的脸。蓝布长衫松垮在身上，脸面有种病态的白，桃花目微抬，那是一个看上去痴情又薄情的人。

艳红看痴了，觉得那模样就像玉雕，不声不响的，叫人移不开视线。

然而他那坐姿却是官派，正端着一盏酒杯闲适饮下。

酒盏落到小几上，他向她们的方向看了一眼；"安就不必请了，前天带回来的那个？"

音色里挂了困意，说后拢了拢袍子，走到窗前看天色。

乔灵均知道他是等着喝最后一碗药呢。每天子时，这货必有一顿要进补，说是能吸收日月精华、天地灵气。

之前两人夜里就遇到过一次，他穿着白袍，一脸虔诚地端着个锅，跑到月光最足的地方埋头吃药。

乔灵均还问过："你是不是喝完就能上天，那你怎么还不飞？"

然而今次，这种话是决计不能说的。并且因为有求于人，还要笑得相当狗腿。乔灵均一面将艳红放到凳子上靠着，一面问："时辰到了吗？可要我再帮你热热？"

乔灵均一笑，就是粉粉嫩嫩的孩儿面，肤色盈润，乖巧怜人。他伸手在那张脸上掐了一把，说："不用，你去泡壶茶来，一会儿我漱口。"

乔灵均自然称是，咧着一排小牙冲到门口，才问："碧螺春，还是庐山云雾？前两天抢回来的茶叶都算不错，红袍、龙井也有。"

他噙着笑看她，眼中有一抹嘲讽之意："云雾，要十方屋里那盒，你去泡来吧。"

乔灵均一听小脸就垮下来了，连连拱手作揖说："这可要不得，大半夜你们俩且给我点儿安生吧。"

那副愁眉苦脸的告饶之势，着实是有几分可怜相的。仿佛真的快要愁死了，仿佛他真的让她去，她真的就得将半死不活的艳红背出去，宁可不治。

"出息。"

他不咸不淡地斥了一声，终是饶了她一遭。

转身坐回桌前，他示意将人平放到地上。乔灵均少不得从他柜子里扯出一两块不值钱的破布铺到地上。

陈怀瑾有洁癖，从不肯让生人碰他的床。便是太守府的被褥，都是她来了才肯让铺的。

他自己不会叠被，早起却一定会堆出一个形状来。他认为那样就是叠好了的，殊不知，换在旁人眼里，仍是一团不成体统，不如不叠的样子。

房内燃亮了烛火，画着岁寒三友的纸面灯皮中，是艳红几乎要疼到断气的脸。

很显然，她现下已经没有心情欣赏公子玉容了，棍棒敲在头部的伤痕，正在针扎火灼地折磨着她。后脑上还留有两颗大包，不敢完全躺平，只能微昂了头颈。

"不是什么大伤，去取些匣子里的风铃草来。"

然而，这些在陈爵爷嘴里，却统一成了云淡风轻的小伤。

艳红表示不服，梗着脖子说："这位公子，我真的快要疼死了。"

她脸上身上脑袋上，大大小小的口子加起来有几十道，这叫不是什么大伤？

"嗯。"

他还不愿意理她，接过乔灵均递来的风铃草在药碗里捣了两下，问艳红："你这张脸还要吗？"

初听很像在骂人，艳红过了好一会儿才反应过来说："要！自然是要的！"

"那你把她拍晕吧。"这句话是对乔灵均说的。

艳红在缠绵病榻的那段时间，一直在认真思忖一个问题。

是当初直接死在乱葬岗惨，还是被小九背回来被瑾公子医治更惨？答案想了足足三天仍是未知。

瑾公子的草药真能治伤，但是这种治法又万分折磨人。因为确定要这张脸，他又另加了其他三味药材进去。抹在脸上燥辣灼痛，没有比她挨揍后的疼痛更轻。

又因为她怕疼，他嫌弃聒噪，每次上药都会让小九敲晕她的脑袋。以至于后脑勺上的三颗大包消下去了，脑袋顶上又肿出半只拳头那么大的包。

十方为此还来看望过她，得出跟陈怀瑾一样的结论："不是什么大伤，你叫得跟死了娘一样做什么？"

她因此更看不惯十方，因为伤不是他治的，她是没有理由原谅他的。并且决定，等九爷回来以后，一定教她一份更为完善的，如何拒绝此人的方法。

想到九爷，她有时也会琢磨，她跟瑾公子做什么去了呢？为什么两人一同下山，十方反而没闹？

想来应该是为正事的，可是，他们不是土匪吗？

土匪的正事，又是什么呢？

第三章

冤鼓
蒙尘

大兴县的衙门在某种意义上来讲，是个摆设。鸣冤鼓多年不曾被敲响，直接被砸破了。灾荒闹得最严重的时候，李培玉不肯放粮，整个大门，乃至整座公堂，一起被饥肠辘辘的百姓砸得粉碎。

门口两尊石狮子，至今披着一层洗不净的狗血。狗是李培玉的狗，喂得肥胖流油，比瘦干如柴的稚童，还要大上两圈。狗咬死了孩子，孩子的父母打死了狗，打死狗的父母，却被狗的主人下令活埋，最后仍不如狗葬得体面。

林升迁抵达衙门口时，李培玉才闻讯从宅子里赶过来。

自从拿到调令以后，他便不肯在此处多待，他做了十余年的县令，地皮刮薄三尺，鸡鸭鱼肉灌满肠腹，仍旧觉得这处地方对不住自己。

"可算等到林大人了，蜀中天气燥辣，一路劳顿定然辛苦。王全儿，还不赶紧帮大人卸行李？"

林升迁对于李培玉来说，就是一辆可以送走自己的马车。人来了，交接完公务，他便可以立时启程离蜀了。

因此他肯对他殷勤。

"李大人客气，道路难行，耽搁了几日，还望见谅。"

那是个看上去最多十五岁的少年，面貌生得鲜嫩俊逸。由于不常走动官场，在他热情的招呼下，露了几分仓促的怯意。

李培玉自然不会怪罪，大步拉开，客气地将林升迁请到后衙。

李培玉知道，林升迁是京城人，官帽和自己一样，都是花银子买的。按说这边的买卖，最好不要牵扯到那边的好，便是葛蔺晨也曾下过明确禁令，不准将手伸到皇城边。

但是不到皇城里，哪能找得到这种有钱又没有心肺的公子爷？

蜀中一带的官都知道这里不好"赚钱"了，懂门路的，更加不会朝这个方向走。唯有这种世家公子是蒙在鼓里的。

不仅蒙在鼓里，甚至还怀揣满身抱负。

"父亲说，当官是个苦差事，官苦百姓才能富，我年纪虽轻，却也……啊呸……却也懂得这些道理。"

后衙久不住人，早落了一次厚密的灰，蛛网织在门上，刚一推开，便挂了两人满头满脸。

李培玉连忙替林升迁摘扯，升迁一面谢过一面摇头。

"但是您这后衙，是不是该着人收拾收拾了？"

"现下是您的后衙了，仔细脚下。"

李培玉面上憨笑，心里则哼出了一串小曲儿。心说，果然帮他卖官的王有之没说错，这就是个初出茅庐的愣头青。老子据说是做布料生意的，因不想儿子在富贵中活成一个废物，特意选了这么个鸟不拉屎的地方。

父子俩既统一想要体验生活，那便好好享受吧。

两人相谈至晌午，无非就是将之前办过的一些案子，和目前需要打理的政务交代一清。

实则，哪有清，只有浊！

李培玉的那些烂账，全是露了窟窿的衣服。他缝缝补补，再加上林升迁迷迷糊糊，一本烂账就这么完完整整地递出去了。

至于事后葛蔺晨会不会怪罪他，京城那边会不会抓到蜀中卖官的把柄，都不在李培玉的考虑范围之内了。

大兴县已经被他刮得没有油水了，再待下去，真得变成"两袖清风"了。

"每隔一年，京城都会送来一批官银补给百姓。但是最后一批为什么是两年前送来的？"

林升迁也有自己的疑问。

他不懂政务，却并不代表他不识字。三年前，蜀中一带遭蝗灾，百姓无米度日，武帝就曾下令，三次拨放赈灾粮饷。他只看到第一次的粮饷分发记录，后两次只写了进银，却并未记录分发情况。

李培玉早知他会有这一问，胸口似有一口郁结，被他吸进去，长长地吐出来："林大人，这便是下官们的无奈了。这话说起来，上头的政策，自然从来都是好的。圣上体恤流民，我们也是看在眼里疼在心上。可惜政策落实到地面，就大大增加了难处。先说这灾民，自来是无穷无尽，你给他们银子，不能吞不能咽。那就得想方设法换算成粮食，粮食买到了，又不敢在衙门囤积太多，怕这群人饿急了。"

李培玉说着，比了比大门方向，"您可瞧见了，我门边的鸣冤鼓和两头狮子被祸害成什么样了。都说民怕官，那都是太平地方的说法，论到我们这儿……当官的才是孙子。粮食只能一拨一拨地向下放，官银统一交到葛大人那里，本是富足的，然而这些银子，也不是单管大兴和天井县城这一片的。蜀中大得很呢，灾民多得吓人，缺的地方也吓人，自然得从要紧的地方来补。"

说到这里，李培玉缓缓靠近林升迁，低声耳语，"上头来盘查的，也得顺手捞点儿。这是官场里不成文的规矩，便是前段时间闹的那场事，道貌岸然如廖大人，不是也——"

"庆芳不是那样的人！"

这句话，被升迁硬吞进喉咙里了。他年纪尚轻，容易冲动。但在正事上，也省得必须时刻提醒自己要压制这份冲动。

他就是为庆芳鸣冤来的，不能刚来就露了马脚。李培玉给他的那本账簿，除了赈灾粮饷那一块有些牵扯不清，其他都是满账。他看不懂这些，也不知从何厘清头绪。

但是想到途中遇到的陈舅舅和十方二人，又自安心了。

他们一定懂的。

李培玉当天下午便带着一家老小离开了，他这次的官捐得非常好，真金白银，换来一块湖广的肥美城池。他是怀揣着快乐，欣然赴任的。也许能快乐一段时日，也许，时日不多了。

送走李培玉以后，小林大人很是"鞠躬尽瘁"了几天。他没做过官，也没着过官袍，因此鸡鸣定起，按京城四品以上官员的规矩，远敬皇城方向。穿官服、用早点、翻看公文，还将门口的大鼓亲手补上了。

他有点儿想升堂，想听衙役们唱念"威武"，还想听惊堂木一声脆响。

可惜这些都只能想想。

这里的百姓对他的态度并不友好，甚而在夜路被打，甚而有几次，他端着豆浆走回衙门，在明面上听到不下五声低斥。

"狗官！"

林升迁是在金窝里长大的孩子，没委屈过，也没被这么无冤无仇地排挤过。顶着月亮溜达回来，他愤愤地坐在衙门里流起了眼泪。

"大人。"

没过多久，便有衙役在门前请他示下。还没说完便被打断了："是不是姚县令来了？告诉他我不见，我同他并非一类，不听他的法子。"

小林大人口中的姚县令乃是天井县的父母官——姚赤诚。姚赤诚的名字听起来很赤诚，为人为官却是朝着相反的方向生长的。他在那处活死人冢待不下去，便是真待，也要被村民的冷眼和唾沫星子活活啐死。不过较真说来，他竟是蜀中一带最穷的官员，油水银子只能捞人家剩下的，官袍上的补丁，实实在在有那么几颗是真的。

姚赤诚本人虽搬到大兴，却是终日没有地位，过去李培玉在的时候，更加不如他身边的一只看门老狗。

狗还能捡到几块肉骨头，他，只能吃狗从牙缝里掉出来的。

如今李培玉和李培玉身边的狗都走了，他便自觉有了重新打点的机会。大兴县虽已被刮地三尺，到底并非无银可挣。

"杂税收一收，分派下来的银子，少买一些粮食，换成麸子皮也能吃。饿急的百姓早不是人了，总比啃树皮要好下咽吧？"

林升迁虽然斩钉截铁地不见，姚赤诚还是推开窗户爬进来了。嘴里一串"生意经"，早在听说李培玉要走的时候就合计好了。

他告诉林升迁，上头最近盯得紧，葛大人少不得要往这边放一放粮。放粮就是放钱。他打算趁机捞一小笔。

林升迁的眼圈还红着，鼻子里湿乎乎的，抬起袖子蹭了一下，说："不行，那是救命的粮，你克扣这种银子，死后是要下十八层地狱的。"

姚赤诚说："死后的事儿死后再说吧，我只想我活着的时候能过好。林大人，您就是轴，外头那些暴民有什么好可怜的，您今儿不就无端挨了打吗？您说您又招谁惹谁了？"

林升迁提起这事就生气，伸手一拍桌子："你还好意思说？还不是你们之前的人没立下好官声？我年纪小，却明白做人的道理。我也求您好好做个人吧，旁人坏了你要学，满世界都是这个活法，哪还有好人了？"

姚赤诚是屡次来劝，屡次被驳；屡次被驳，屡次不懈。

他其实是没读过几年书的，没读过，才会被人骗着，花了冤大头钱买了天井县的官。

而此时的另一名冤大头，正是眼前的林升迁。脑子还没他灵泛，却宛若另一个同病相怜的自己。因此，姚赤诚并不讨厌直愣愣的不会转弯的林升迁。

"林大人，我有时候觉得您是我的儿子，我是很喜欢您的，所以很想让您跟我一起发财。"

姚赤诚今年四十三岁，比十五岁的林升迁大了两轮不止，说是父辈还觉谦虚。

林升迁却不肯认他这个爹。

"我的爹比你好不知多少。我也并不需要你的喜欢，在我没发脾气之前，请出去吧！"

他竟当真思忖了一会儿，噙了一抹笑："什么时候哄好过？"

她那点儿甜言蜜语，哄三娘家的小儿子都嫌不够。前日下山之前还把孩子逗哭了，硬塞到他怀里让哄着。

然而饶是如此，还是刮了一下她的鼻子，这方转头看向林升迁。

"去见过你舅母。"

舅……母？小舅舅的媳妇？那她不就是——骠骑将军，乔灵均？

林升迁做梦也没有想到，大兴的这处小小宅院，会在一夜之间迎进两尊"大佛"。跟所有没有见识的市井小民一样，在没见到乔将军本人之前，他也一直以为，她会是一个魁梧壮硕、力大如牛的女人。身量一定是高大的，力气一定是憨实的，眉眼也——

"您打仗的时候骑马吗？"

林升迁对乔将军的好奇，俨然超过了舅舅。清早起床便围着在院中打拳的乔灵均转悠。

他记得奉天朝正三品以上武官的战马，都是统一的宝马良驹。他见兵部侍郎的儿子冯辽骑过，男子跨马都要费些力气。

"那些都是门面上的东西，战场上都是什么顺手骑什么。"

乔将军刚好打完最后一套拳，落拳收势，她支起一条腿，坐在小院的石几上，继续对林升迁说："你说的那种，是凯旋以后在百姓和圣上面前才骑的，我也能爬上去。"

林升迁于是去看她的腿，刚将视线落到上面，就被乔将军扔了一脸瓜子壳。

她显然是不愿意旁人注意她的短处的，并不知道，林升迁并非觉得这是短处，反而因着她如此身量还能如此神勇崇拜不已。

"那您平日都有什么消遣，喜欢什么物事，跟舅舅又是怎么认识的？"

"您真会嫁到陈家吗？我舅舅……"

你舅舅被吵醒了。

不只被吵醒了，还带了一股不咸不淡的邪火。

陈爵爷是好不容易才睡到一张舒坦床上的。床下有厚褥，床面有锦被，脖子底下有软枕。其规格当然不能同太守府相比，却到底是他近些时日享有的最高待遇。

可惜这最高待遇最终还是毁在了林升迁的破嘴上。

说到这里，便不得不介绍一下林大人的府邸了。

那是栋一进一出的小院，格局大抵跟两位大人在天井城的小四合院类似。一间正厅，一处内室，并两间耳房。

耳房是下人住的，可惜林升迁穷，将此省掉了。主房外室少一扇隔音的大门，本该安上的，可惜林升迁穷，也省掉了。主房窗口正对小院，本该放轻音调，挂一扇帘子，再次被省掉。

所以，昨儿夜里住到主房的陈爵爷，就被聒噪的林升迁吵醒了。

吵醒后的爵爷仍旧没有睡醒，惺忪着眼，拢着袍，很是目中无人地在树下一把藤椅上歪着。

林升迁见他发角和眼睫都是湿的，不由得惊讶道："您自己洗的？"

小爵爷是从小被伺候到大的，亲自动手的事情很少。林升迁在家也是被人伺候的一类，因此才有此一问。

"嗯。"陈爵爷恹恹地应了一声。

他现在都自己洗，因为乔灵均不让他摆谱。来蜀中以后，也没人伺候他。虎头虎脑也顶多是看他将袍子系错带子时，才会来搭把手。

如此想来，自己实在是进步很多。视线落到乔小九身上，他在等她夸奖。

可惜九爷吹毛求疵，没夸他，反而摇头晃脑地挑毛病。

"洗漱穿衣本就是人人都会的。腰带怎么又反了？过来我瞧瞧。"

小爵爷便来了一点儿公子脾气，闭着眼睛向后一靠。他就不让她瞧。

九爷笑开了，决定暂时不管他，一面招呼林升迁吃早饭，一面拿了一只油饼在手上吃。

早饭过半，某人才开始慢条斯理地向桌前挪。清清淡淡一张脸，冷下来的时候就是一副特别不好接近的漂亮样。简单吃了两口稀饭，他发现乔小九用抓完油饼的手去握粥勺，便自去屋里拿了条湿帕子，抓着两只小手认真地擦。

整个过程都如一个飘荡的幽魂，没有完全睡醒，却下意识地完成了所有动作。

小九也没说话，他替她擦好了，她便顺手将他的腰带整理好，似乎都已习惯了早饭时这种沉默的默契。

随手扔下帕子摸摸头，他大约醒了，笑了一下。

"没见过这么能吃的女娃。"

她回了他一笑，也摸摸头。

"没见过这么大，还有起床气的大人。"

用过早饭以后，陈爵爷就熬药汤去了。

来的时候，林升迁就发现他抱了一只陶罐，凑近一看，里面东西还不少。人参、黄芪、甘草，都是一些补气滋养之物。

这件事情过去都是乔九爷的活儿，换到天气燥热的蜀中以后，陈怀瑾便不肯她做了。太热，单守个太阳便觉要断气的天，他舍不得她做这种粗活。

于是放完药材之后，他让林升迁给他熬。

"葛蔺晨的银子，说是要再等小半个月才能送过来。据说送银子的是他的小舅子赵时言。李培玉交上来的账簿和近两年的粮食进账，您昨儿晚上看了吗？那上面的东西我不懂，您肯定能明白。"

熬药的间隙，林升迁便介绍了这边的情况。

陈爵爷听了一会儿，说："那笔烂账不必细看，亲自下去查了就能抠出猫腻。李培玉急于扔下烂摊子走人，不会有兴致打点窟窿。他当你是玩世不恭的纨绔子弟，玩累了，自然还有旁的人来接替。一人转交一人，都是这么传下来的。"

"至于葛蔺晨的小舅子，是要好好招待一番。你昨儿提到的姚赤诚，也不妨接触一二。姚赤诚懂的那些道道虽不多，但门路比你清楚。"

林升迁听后反而有点儿委屈，说："他昨天说我是他的儿子。"

药罐子开始沸了，陈爵爷倾身端详了一下。

"你自己知道不是不就行了？官场里装孙子的都不胜枚举，当个儿子也不吃什么亏。药勺子别乱搅，顺着一个方向。"

林升迁按照他说的，重新找准方位。

"那您当过孙子吗？"

陈怀瑾答："没有。我是侯爵，我姐姐是贵妃，我是圣上的亲小舅子。我敢装孙子，有人敢做我爷爷吗？"

那是真的没有……

陈怀瑾此番来大兴，并不准备打草惊蛇。林升迁是刚刚进入蜀中的新官，不必费力表演，只需做他自己，让蜀中一些人尽情观望几天。为官讲究上下打点，有上面要应付的，自然就有下面要执行的。蜀中的"买卖"自来需要配合。

他们早晚要找上他的。

而他们现下急于要做的，乃是要先解决天井村百姓的供粮问题。

陈怀瑾说："我们最近生意不好，来往商户听说闹匪，很多都转从另一条官道走了。我查过这一带的地势，另一条官道不仅远而绕路，山壁也时有滑坡。而他们之所以舍近求远，无非是担心人财两空。我们不要人，也不要财。只需途经的商户每人一车米粮。"

炉子里的药已经烹煮出香味了，他舀了一点儿，试了试汤色，叫林升迁搬到桌上来。

"您要米粮，那我着人送到山上不就行了？何必去抢呢？"

林升迁还是不知疾苦的思路，只觉有钱就能办妥一切事。依照他的想法，解决困境的最好方式就是，谁穷送给谁。

"您怀里应该还有几百两银子吧，去粮铺添置半年的，我着人送上去……"

陈爵爷吹了一口药碗上的热气，不咸不淡道："你可以试试。"

地方官自掏腰包买粮，都要经由葛蔺晨批准。葛蔺晨对上的政策，向来是以饿民暴乱，控制粮食分发为由，暗中克扣赈灾粮款的。林升迁是大兴县令，却派粮给天井村民。大兴县的百姓要是闹起来，怎么处理？即便大兴县的喂饱了，旁的县城又要如何做？

乔灵均见陈怀瑾明显不想跟林升迁说话，只能接口道："葛蔺晨都不曾开先例的事，你来了便做了，不就等于在打葛大人的脸吗？葛大人的脸疼了，你在这地方还待得下去吗？而且现在最好不要做他面前的出头鸟，你这个官是买的，他知道，但并不一定知道来处。李培玉省得他不肯让做京城的买卖，顶多说你是半个富户出身，在京城待过几年，才有的京城口音。结果你出手就这么大，他一定会犯嘀咕。届时着人细查，这不是在自找麻烦吗？"

乔灵均跟在陈怀瑾身边这些时日，多多少少也摸清楚了官僚圈的一些弯弯绕绕。贪官爱绕，查贪官的就必须比他们还要绕。

"外甥懂了。"

林升迁连连作揖，这才发现自己方才那通话多么愚蠢。搓了搓手心上的汗，他一面为陈怀瑾用蒲扇"吹"凉汤药，一面道："那外甥这就着人放出风去，说官道一带出没的悍匪只劫粮不劫财，让他们多带点儿粮食上路。"

陈怀瑾问："这个风你打算如何放？着人守在官道吆喝，还是跑去另一条官道拦着，说别绕远了，那边只要粮食？"

说完饮了一口汤药，不知道是不是蠢笨的林升迁熬出来的缘故，觉得异常难喝。端起来，又放下了，朝着乔灵均的方向伸手讨蜜饯吃。

乔将军便自荷包里掏出一只放到他嘴里。手指头不经意间触了唇，将彼此都"烫"了一下。

陈爵爷便又不觉那药苦了，不再理会林升迁，专心攥着灵均的小荷包把玩。

小荷包是挂在腰上的，他要玩，乔灵均少不得要站得离他近一些。横斥了一眼不着调的陈三岁，她清了清嗓子，对林升迁道："你要剿匪，因为你在来时的路上被抢了。动静闹大，才能顺理成章地将风放出去。"

蜀中一带，由于常年饥荒，素来不缺凝聚成团的"暴民"。强悍一些的，便伏在山林野地，打劫过路之财。瘦弱一点儿的，便想方设法地连偷带抢。这是现状带给百姓们的无力之举，县官商贾们知道这些都是亡命之徒，因此能躲便躲，能打死便打死。

乔灵均让林升迁作势上山剿匪，就是为了让他放出，官道上的这拨土匪，是躲不了又打不死的一类。但是这一类，不要性命，只要粮食。

"长经官道的几户商号，多数是做古玩玉器一行的。百姓不认这类东西，见了给砸了，碎了，撕了，便是上下几百两的买卖。买粮食换平安，对于他们来说是再便宜不过的事。"

林升迁这才听出这里面的门道，一拍脑袋二拍大腿，连声应说："外甥真格蠢笨了，多谢舅舅舅母提点。"

三人之后又简单讨论了一下剿匪的时间和契机。

林升迁都一一记在心里，酷暑炎夏，本就闷热，讨论完毕后，便各自寻处歇下了。

及至傍晚用膳，才又小坐了一会儿。

陈怀瑾对林升迁是无甚好聊，林升迁对于乔灵均，则是很有好奇之心，借着清早没问完的话，又添置新话，聒噪了很久。

乔将军对林升迁倒是谈不上喜爱与否，不过聊起旧事，却是很愿意将"压箱底"的丰功伟业搬出来炫耀一番："大漠的风沙，卷起来有一人多高。兄弟们累了，便自那风沙中睡下，必要记得塞耳，不然，第二日醒来，准保要聋。"

"我那四个副将，虽并不伶俐，却是堪比男儿的好将士。男人能抗的，她们也能抗。我们那里是没有男女之分的，全是自家骨肉，敢把命交给对方的那种。"

"当时呼伦庆罗挥刀直向我劈来，我仗着身形灵巧，顺利避开一刃，随即拔刀……"

陈怀瑾每每看着讲起这些便双眼晶亮的乔灵均，就会觉得心疼。

他知道她实是有些寂寞的。她不爱朝堂的钩心斗角，她的青春全部留在了军营，圣上要收回兵权，她便成了无兵可领的空头将军。她不爱那个虚衔，却不得不守着这个虚衔。

她是奉天朝的功臣，可惜这个朝堂，注定对不起她。

他一直听她兴致勃勃地说到后半夜，林升迁趴在桌上睡着了。他送他回去，又回来接她。

两人昨儿个夜里就是在一个屋睡的，今夜也是如此。

林升迁将耳房空置的一张小床抬进来，陈怀瑾睡小的，将暄软大床腾给了乔灵均。

过去在魏县的时候，也这般住过。不同的是，那会儿还有一个讨厌的十方，大半夜打了灯笼去看她。今次没有，便更加恬静快乐。

屋内留了一扇屏风，一灯如豆，可以看到一道剪影在铜盆前洗漱。大开大合地将胳膊腿各自擦拭一遍，她如在天井村时一样，光着一双白嫩小脚，趿拉着草鞋进来了。

灯下看美人，本就平添几分颜色。她刚好又将头发散开了，青丝垂了一头。三分英气，七分媚色。鼻间突然嗅进一阵清润女人香，他出了很久的神。

"在外面不准这样。"

良久，他对着她的背影如是说。

乔将军正自以手为梳地顺头发，闻言侧头看了陈怀瑾一眼，发现这厮的眼神里，有种歪歪扭扭的别扭，不觉笑出了声。

"谁没事儿在外面披头发？我发现你最近管得也实在有些宽，衣服袖子要卷到你要的长度，头发也不能散下来。我还没过门呢，就觉得自己多了一个爹。"

陈爵爷不说话了，乔灵均只当这货是在反省，转过去继续梳头，未承想，他在思忖一番之后得出一个结论："我可以做你半个爹。一半夫君，一半爹爹。"

还没说完，就被乔将军扔过来的枕头砸了脑袋。

"鬼才要你当我爹爹。明日就走吧。我惦记村里百姓，也惦记艳染。不知道她身上的伤怎么样了。"

她的认知里是没有男女大防的，将鞋一脱，坐在陈怀瑾的小床上，同他道。

他正在蹙着眉头揉脑袋，很认真的一副模样，又说了一遍："我可以当你爹。"

都说好看的人发起傻来，比真傻的人还要傻气，九爷今日算是在陈怀瑾身上领教了，哭笑不得地帮他揉了两下，她说："你去大床上睡，长腿长臂的伸展不开。我个子小些，这张床正合适。"

昨天她就想跟他换了，结果两人于路途中劳累两日，都有些累了，各自歪倒便会了周公。

陈怀瑾的脑袋其实不疼，肉乎乎的一双小手攀到头上，便觉理应装成很严重的样子。脖子微微垂下一点儿，怕她举得酸乏。恰又见她没将脚上的水渍擦干，便从小几上拿了自己的帕子，抱到怀中擦拭。

擦的时候倒不觉什么，仿佛这是一件稀松平常之事。放下来，撂下帕子才发现，自己竟也有伺候人擦脚的一天。

然而这双脚，这个人，都是住在他心尖上，跟他的命、他的药一样值钱，便生出一种满足的喜欢。

"我不想回去。"

他喜欢过只有他们两个人的日子，照顾也好，被照顾也罢。怎么样都是好的。

"可是十方一个人在山上，他的性子你又不是不知道，万一惹出什么乱子，你放心？"

灵均也喜欢两个人的生活，自从上次互换过心意以后，便也品出一些之前没有的亲近喜爱。可惜她终其是个女儿身男儿性的丫头，操惯了保护旁人的心。

"十方跟我有什么关系？"

陈怀瑾看着怀里的一双小脚，淡淡道："我在乎的一直是你。"

因为在乎你，所以旁人都不在眼里。因为在乎你，所以你的所有都比旁人重要。

他不否认他是一个自私的人，他爱只爱一个，想也只想一个。

"所以，你什么时候也能丢下旁人，只爱我一个？"

他一直知道她对十方的感情不是爱，但是十方用另一种方式，在她心里留下了一个牵挂。她下意识地会护他、念他。甚至赵久和，也在她心里有一席之地。她忠于他、信任他，他不确定这份忠与信会不会多过他。他们都在最重要的阶段陪伴过乔灵均。

三年，五年，十年。

陈怀瑾后知后觉地意识到，他总是反复确认乔灵均的心，无非是因为他嫉妒他们出现得比他早罢了。

"我现在就爱你一个啊！"

怀里的小脚一使力，她弓起膝盖离他近了一些。

"只是十方——我习惯了。你知道的，我们少年时候就待在一处，是兄弟，换过命。我晓得旁的女子不会如我这般，但我自来是这样长大的。我同十方，或是同将士们，都是如此。"

十万乔家军都在跟我抢媳妇。

陈怀瑾随手扔了帕子，脸上看不出什么情绪，但是乔灵均就是知道，这是不高兴了。

这个时候最好不要说话，但是你不说，他还是要开口："我跟十方打架你总跑什么？"

她果然听到就想溜，骨节分明的手掌迅速抓住一只小手。

"哪儿去？这屋子就这么大。"

乔灵均"嘿嘿"干笑两声。

"这都是多早的事了，你怎么还提？"

"想到了就提一下。"他漫不经心地蹭了蹭她手心里的厚茧，不想让她又说自己是丫头脾气，便换了个话题道，"不过说起这事儿，你是不是还欠我一份人情？那个哼哼唧唧的女人，是我大人不记小人过救好的。你没忘记吧？"

灵均听后一笑。

"那个女人不简单，我不说，你也是要救的。"

艳红出现的地方太蹊跷，虽很多事情交代得半真半假，一经细思还是能嗅出疑点。

便是那位狼心狗肺的富商老爷，就没有那么简单。而且她那一身穿戴，便算是舞坊头魁，也没这样好的待遇。

"李培玉之前有位相好，突然不声不响地消失了。舞坊给出的说法是，拿着银子回老家了。她在大兴县是个厉害角色，跟李培玉的夫人斗了整整两年，如今就这么悄没声息地走了，寻常百姓都不信这个邪。"

乔灵均略有些怔忪地看向他。

"所以你才留下十方看着她？"

"不是。"

他摇头。

"我就是纯粹不想他跟过来。"

梅艳红是被打成猪头三扔到死人冢的,说是李培玉有意为之,放她入山查探情况的概率并不大。毕竟李培玉已不是大兴县令,没道理再操这份闲心。

乔灵均没想到,才到大兴两天,陈怀瑾便去舞坊探了底,敬服之余不由勾起几分兴致。

"我晓得你的意思了……不过,那里面好玩吗?"

她都不知道他何时去的。

"我并没有去那样的地方!"

他瞪眼看她,像是听了什么大逆不道的话。

"这是姚赤诚跑来跟林升迁扯出来的话,姚赤诚什么都跟他说。我怎么会去那种地方?"

乔将军本是随口一问的话,没料到陈怀瑾会是这样有趣的反应。眼珠子上上下下打量一圈,她故意说:"真的?"

他随即便看出她在逗他,眼皮子一挑,拎了她的小脖子送到自己跟前。

"假的。还叫了几个漂亮姐儿。"

她在他手掌心里笑得响,伸手一拍他胸口。

"那下次记得带上我,我陪你一起玩啊!"

陈爵爷没好气理她,又听到乔灵均说:"当然我还是承你的情,你帮我救了她,想要什么报答便说吧。"

他眯眼看着这个磨人的小蹄子,意味深长地问:"什么都能要?"

桃花眼猎艳,面相书上说,生了这种眼睛的人,天生便该是风月场上的玩主。女人爱他痴情,也爱他薄情。

可惜陈怀瑾从不在身上沾染这些艳屑。并且由始至终只用心勾引乔小九一个人。风流债里的风流主,不爱野花只闻一炷香,撩拨起人来自然是致命的。

九爷也忍不住慌了神。手腕一转,她自他掌心挣脱,干脆利落地从床上跳下去了,不敢跟他痴缠。趿拉着草鞋走到小几边上,笑指着药壶问:"你是不是该喝药了?多喝点儿,省得见天想些有的没的。"

陈爵爷单手支头,还是一副怠懒模样。

"你就知道我想的是什么？"

"知道啊，你想得美。"

晚风入窗，丝丝缕缕沁人心脾。她娇嗔一笑，是他眼中光华流转的活色生香。爵爷长臂一伸，直接将人拉到怀里。

"什么女人能活成你这样？"

过去，他从来不知道喜欢一个人能喜欢成这样，也从来不知道有一种喜欢，是恨不得将其糅进骨血里，吞了，咽了，才算安心。

她笑眯眯地眨眼："陈怀瑾的女人吧。"

抱着她的胸膛明显一颤，似乎没料到这个不开窍的东西居然会说情话。低头看着怀中人，他怔怔地道："再说一遍。"

她被他看得不好意思，挣开怀抱。

"不说了。"

她惯不会讲这些腻歪的情话，方才那句也是当玩笑说的。他这么认真看她，反而让她羞臊了。

"不说今天晚上就跟我睡！"

他不放人，她一屁股跌回去，再次被抱回怀里，又好气又好笑。

"我睡觉可不老实。"

"我更不老实。"

一夜好眠。

两个人最后自然是不会在一张床上入眠的。陈爵爷虽并非君子，却从不肯做小人。他爱乔灵均如爱至宝，呵护体统尚嫌不够，怎会越界？

他只是很享受两人这种私下的亲密，每次只亲近那么一点儿。一生很长，如红绳上所牵男女，缓慢靠近，长久温存。

他有耐性，挤走她心里所有不相干的人，只留下自己一个。

姚赤诚再来找林升迁的时候，林升迁没再将他赶走。

这次是他自己想走，因为林升迁这个傻子居然要调集大兴与天井两队人马，去仓绫官道剿匪！

仓绫官道是通往蜀中，接连明城的唯二两处官道。另一条官道常有山体滑坡，以至于很多人都不肯舍近求远。

姚赤诚在衙门里坐定，强行咽下一口茶水，眉头拧成一个川字，他真的是要愁死了。

"林大人，那您是出于什么心情要做这件事的呢？山中盗匪强悍，并非我等小小衙役可以收服。那些都是亡命之徒，正所谓光脚的不惧穿鞋的，我们……"

还有一句话他没好意思说出口，便是县内衙役早已混吃等死多年，莫说剿匪，便是在坊间遇见寻常盗贼，凶悍一些，也是不敢惹的。

然而林升迁此次似是打定主意要剿，两道剑眉一凛，他直截了当地对姚赤诚说："我在来的路上被抢了，心里不服气。县内百姓对我不信任，也全因我并无政绩使人信服。此次剿匪，若能大胜而归，定然就会被喜欢了。"

姚赤诚打从见到林升迁，便知道此人乃是一个二百五。但是二百五多半好拿捏，只要多来往几次，总能劝出一些七窍来。如今再看，七窍怕是无望了，甚至滋生出一种铜墙铁壁的二傻子气质。

姚赤诚说："大人，您便是剿匪，百姓也不会喜欢您的。那匪都是从暴民里出来的，您抓了杀了，也都是那类人的骨肉兄弟。没准前脚刚砍了几个，后脚就被人把衙门给砸了。"

林升迁不以为意，身板在椅子上坐得挺直。

"总有人会为这件事情喜欢我的。或是葛大人，或是乔培林乔大人？我就不信，我剿匪还成了无功有过的事儿。"

姚赤诚见他是怎样也劝说不住的，便不再劝了。脚底下抹了一层油，他站起来就向门口蹭。

"那大人便自己带人去吧。官道离我们大兴县城远得很，我们过去，还得绕半座山。您既有心为此地造福，自然是好，自然是好。"

好得他都快将一只脚迈出大门了，又被眼疾手快的林升迁拎了回来。

"既然如此好，你为何不同我一起去？我的人都是一些没骨气的，上次便跑了个干净。你们的人常驻大兴，更不存在所谓绕远一说。我说，你哭什么？哭也是要去的，我的官职比你大，你要听我的。"

姚赤诚那天哭了小半宿，妻子问他为何如此伤心。他便抽抽搭搭、惆惆怅怅地给她讲了一遍又一遍偷鸡不成蚀把米的典故。

他觉得他的命真的挺苦的，过去十来年，脑袋顶上那位大人是位精的。他吃肉，他喝汤。好不容易盼到吃肉的人走了，来了一位傻的，以为可以分吃一点儿肉末，却不想，傻大人直接带着他去送命了。

赶上一个晴空万里，白云大朵密于天际的日子，两支队伍进了官道。林、姚二人各坐一顶小轿，被轿夫抬着，不知在小声嘀咕中被人骂了多少遍。

"也不看看天气就出来，热死热晕了，管不管？"

"管个鬼！我看里面这两个都要直接死了！"

"剿匪剿匪，匪是那么好剿的吗？没得让人剁成肉泥！"

轿夫都是衙门里的人，自来会看个三六九等，遇上厉害的老爷，便三缄其口，老实本分。遇上软柿子如姚、林二人，就没有忌讳了。

小声嘀咕最终换作大声嚷嚷，终于抬到官道中央时，干脆齐声落出一声："咣啷！"

他们连稳稳落在地上的待遇都不肯给他们了。

"摔死你们老爷？跟不给钱似的，朝廷里每个月拨下来的银子一个子儿都不少拿，统共就这么些路，连骂带咒，不想干都滚！"

林大人看着年纪小，实则还有一股奶凶奶凶的劲儿，你摔了他，那还得了？张嘴就开骂，直数落得轿夫们不肯吭声才算作罢。

姚赤诚是不骂轿夫的，因为他也正在心里痛骂林升迁，是没有闲工夫再留给旁人的。

并且他的心里颇为认同轿夫们所说的"老爷大约要直接死掉"这种说法。他是从没做过出头鸟的，此次被赶鸭子上架，早已腿软脚软，吓没了大半口气。

"赤诚，本官上次就是在这里被抢的。今日又恰好有一支商贾上山，土匪们定然有所行动。我们暂且就蛰伏于此，待到……你带这么多吃的做什么？"

林升迁撩开姚赤诚的轿子，便发现他在努力地向嘴里塞东西。绣着振翅小黄鹂的官袍补子前，正自堆放着一口锦布小袋，装了至少半斤包子。

姚赤诚只管吃，抽空拿了一只肉包子，递到林升迁手里。

"您也吃点儿吧，跑起来的时候才有力气。"

凭借他多年的经验，衙役们遇到事，一定是比他们先跑的。届时争相逃窜，定然是一场你追我逐，谁快谁活命的比赛。

林升迁骂他没出息，他便露出一脸窝囊相继续唉声叹气。

事实证明，姚赤诚果然是有几分"远见"的。商贾们刚时三刻上山，还没来得及跟两位大人打招呼，便被一哄而上的土匪给抢了。

姚赤诚都不知道这群人是从何处来的，分明前一刻还没见着人，下一刻就都亮了刀。

土匪们先抢了商贾，又打了衙役，刀光剑影连出过场都没走上，就都丢盔卸甲地跑了。

姚赤诚是跟林升迁手拉手跑走的，林升迁不想跑，是被他强行扯走的。路上跑丢了半斤包子和一双官靴。

他是满心希望可以用这种方式感动一下林升迁的，叫他从此放弃剿匪的心思。毕竟他虽傻气，再来一个也未必比他更好。

可惜林升迁是头倔驴，第二日又去官道了。

第三日，第四日，第五日。

衙门里的衙役都跑不动了，说：“大人，别去了，您没看见那些人只要粮食不要命吗？咱们次次都是空手去，次次都跟别人凑热闹，跟陪跑的似的。人家根本连眼皮子都不看咱们。”

大人似乎也跑累了，捶了捶发疼的腿脚，问姚赤诚：“你什么意见？”

姚赤诚恨不得吐出一口老血向他明志。

“我说的您能听吗？咱们真剿不了啊！”

“那本官的面子往哪搁？人家可都知道我去剿匪了。”

姚赤诚这会儿是只要他不再嚷嚷往官道上跑，什么主意都愿意给出，一拱手，他说：“大人，您这样。回头着人跟往来商户们说一声，让他们过路的时候多预备几担粮食。就说是您亲测过了，官道这边可以拿粮买路，不至于闹出人命。商贾们听说您亲自去的，自然感激涕零，便也不算白跑。”

说完以后发现林升迁还有几分踟蹰，又转脸对衙役们道：“不准对外说剿匪没剿成的事儿！就说是本官与林大人宽厚，可怜他们，不忍歼灭！可听清楚了？”

自然是听清楚了。

捕头得令以后，马上一路小跑找师爷写了一张通告，白纸黑字地传到仓绫官道上的各个驿站。

三天时间，各处驿所都接到了消息，并且每有客商至此休憩，必然叮嘱一番。

客商们不在乎几担粮食，听说不会要命，不砸东西，本欲朝第二条官道行去的人，也都立时改了主意。

一时之间，闹得沸沸扬扬的官道土匪案，就在如此一番和谐的氛围中，落下帷幕。

匪是不再剿了，客商们也变相地安生了，林大人的官威却没因此增长多少，反而彻底完蛋，晋升为蜀中第一笑柄。每逢吃酒，必要有人笑问一句："你知道大兴县新来的那个林升迁吗？"

就连远在汾阳城的葛蔺晨葛大人都听到了这些动静，四川知府乔培林一大清早便赶来汇报说："姚赤诚这回都快哭瞎了，他那点儿胆子您是知道的，打从林升迁说剿匪，便没一天不哆嗦的。这会子各个驿站都得了消息，每人必带一车粮，都成了仓绫一带的奇景。"

又说山匪本就是一群亡命之徒，他带着一堆不成气候的衙役去剿，不是摆明挨收拾吗？

"奇景……"

华帐美亭中，葛大人一面翻看公文，一面命人点上一缕佛香。风中飘起一道香柱，他凑上去嗅了嗅。

"那可真是可怜老姚了，一大把年纪，还被折腾成这样。"

年过四旬的葛大人，生了一张体面相，说话时语速抑扬顿挫，不论动还是静，都只让人想到"温润和善"四字。

然而他却是这蜀中一带的土皇帝，杀人越货，搜刮民膏，坏事做尽，这样的人，居然信佛。他心里知道这些并不能佑他平安，又下意识地不想让那些冤魂拦了他的康庄大道。

"不过他们剿匪，这自然是好的，外头都道我们蜀中官员是吃白饭的，现下虽闹了笑话，到底还做了点儿正事在台面上，这也是当官的本分。"

乔培林连连称是，又请示下："那还要不要查一查林升迁的底……"

葛蔺晨是一个多疑的性子。早在林升迁抵达蜀中境内时，他便犯了疑心病。乔培林知道，多数时候，他甚至信不过自己，更别提一个急于离开蜀中，不顾他禁令的李培玉了。

李培玉给这边的说法是，将官卖给了一个富家子弟，家世干净，世代从商，父辈确是曾在京城做过一段时间生意，后来没多久便撤回泉州了。

"不急。"葛蔺晨摆手，"三皇子那边近些时日有些焦头烂额，我们再着人进京，难保中人下怀。况且那林升迁若真是被人有意安排进来的，他们查也只能查到皮毛。"

"大人的意思，是暂且养着？"

　　乔培林见他的茶盏空了底，连忙跪上前去续上，听到葛蔺晨略带疲惫地说："养着吧，大兴县多的是闲人。我如今日夜所思倒不是那一片的事。前些时日，圣上因为一个梦，下令关押了大半朝臣。这会子都放得差不多了。我就想着，廖庆芳的案子，不会也就势重审吧？你着在京的同僚盯紧一点儿，一有风吹草动便来汇报。"

　　乔培林见他愁容满面，心知他那爱敲磨一切恶果的毛病又来了，就势宽慰道："一直在盯着呢，前朝有规矩，要秋后再斩。您多虑了。"

　　"秋后，秋后……"

　　茶盏重新续满了茶，他却不喝了，抬眼看向乔培林："你可知，有秋后，就是有再审的意思。这是给他们留着命呢。"

　　说完看了看天色，是他要敬香拜佛的时辰了，于是站起身来，携了玉石小几上的檀木佛珠挂在手上。

　　还是拜佛吧，拜佛能静心。匆匆走出去几步，又顿住了。

　　微侧过脸来，他对乔培林道："赈灾粮照旧放下去，让时言再去探一探那位林大人的底。"

第四章

山中有匪

灾荒之年，未能得到修缮之地总是各有各的穷困。

位于川蜀境内，林朝县曲石镇的东安村，一直是个中"典范"。论穷，他们跟天井村不相上下；论力气，是比天井村多了很多实实在在的壮丁。这处地方过去征过兵，有几把力气的男人都被圈在一处小院里，练过几日武艺。

本是说好要送到漠北军营的，后来听说战事平息，乔将军凯旋，便就此解散，没再多闲银子养他们了。

他们于是成了无主的兵，说是兵，实则从来也没入过编制。武艺修得半斤八两，不过是上头一声令下，各地随着安排充当一些门面而已。蝗灾之后，更加没人会管这群人了，便干脆落草为寇，随处圈了处寨子独活。

寨子原先的大当家的，名叫苦大力，苦自然不是一个姓氏，全因这位力大无穷的汉子，打从出生便不知爹娘姓甚名谁，便随口为自己取了个"苦"姓。

现今这位当家的，乃是苦大力自县城里捡回来的一个小姑娘。姓马，闺名文绉绉的，唤作"聊聊"。众人猜测，马聊聊应当是书香门第出身，因为她识得字，人也生得小家碧玉；性子却并不小家，甚至有几分泼辣，厉害起来，连五大三粗的苦大力都要求饶。

马聊聊被捡到的时候是一名乞丐，半大姑娘混在爷们堆里，竟然也吃得圆润白胖。大约也跟着学了点儿傍身的本事，懂点儿功夫套路，出手狠，挥舞着指甲就将苦大力抓了个满脸花。

"你若是稀罕我，就大大方方地娶了我。若是想霸王硬上弓，老娘让你血本无归！"

众人看得出来，苦大力是真心喜欢这个泼辣的女人。虽是抢来的，虽是被修理了，仍然同意正正经经办一场婚礼。

然而不知是苦大力没娶夫人的福气，还是这位马聊聊命硬克夫。总之，在婚礼当天，苦大力便在难得的一顿好酒好菜里死了。

余下众人都是武夫出身，看不出是不是中了毒，反正瞧着死了的大当家，一没吐黑血，二没吐白沫，是正正经经地噎死，便在一片痛哭中挖坑将人埋了。

按说，这样一群汉子，怎么也不至于让一个女人当了家，可是马聊聊就是有这样的手腕。安东一带的买卖，那时已经被他们做绝了，没人再打那条路线走，她便带着他们转顺官道而上，打劫了几户商船，还在动乱中一刀结果了妄图造反的三当家白富有。

马聊聊知道自己是必须狠的，不狠，就得在狼窝里活活被分食。

她也知道缺粮少食的年月，狼也要听从肚皮的，只要她能为他们谋到口食，她就能顺利活下去。

如此两年，她果真靠着一口伶俐的口才和胡搅蛮缠的气势，在土匪窝里混出了地位。但是她心里仍旧是不踏实的，尤其在听说仓绫官道多了一伙儿更为强悍的土匪之后，就更加不踏实了！

"大当家的，已经打探好了，就是这一处了。"

早在三天前，马聊聊便着人打探了仓绫一带的消息，听说这里的客商一经路过，必然会带足一车米粮。劫粮的人无须动手，拉了就走。双方竟然客气，形成井水不犯河水之势。一车米，一担面，客商们有时为了确保安全，甚至会多送一些。

这可比他们抢来的舒坦多了。

他们也不稀罕银子，他们要的也是粮！

如今连官府都放出话来要送粮养匪了，他们也是匪，凭什么分不到这一杯羹？

这话看似是有些投机取巧的道理的，有道，没理，所以马聊聊想先礼后兵，看看能不能先从他们手里套出一些好处来。毕竟出来抢的，都是亡命兄弟，有不要命的，就会有更不要命的。她不想闹得死伤惨重，断胳膊掉脑袋。

二当家的刘伟被她派出去之前，她叮嘱了不下三遍，要礼貌客气，要以理服人，要——反正你看着吧。

三句话的最后一句方是重点。

若对方强，便谈，便撤；若对方弱，便抢，便占。

刘伟果然也如她交代的那般做了，可惜估算错了对方的实力。单见了老弱妇孺便认定极弱，见粮起意，直接跟对方动起手来。完全没有想到，这边山头的当家的，是他们加起来也惹不起的人物。

十方近些时日一直负责盯着劫粮情况，仓绫官道上的进粮颇丰，村里已然解决了温饱问题。但是为了安全起见，他还是每隔一段时间便会往官道查看一番。

赶巧他查看的这一日，便遇上了一伙土匪。穿得比他们专业，黑话说得比他们地道，一看便是行家里手。十方不欲招惹麻烦，本想既然来了，便分出一些，给人救急。

他连客气话都准备好了。

无奈对方不客气，半句话还没落地，竟然就打算抢个干净。

十方在外的风度极好，只有觉得跟人无理可讲的时候才会动手。十几个大汉被他统一收拾了一顿，踟蹰一会儿，又顺手试了试他新倒腾出的毒粉，挨个撒了一遍，挂到树上"风干"。

毒粉是痒粉，不至于死，但绝谈不上舒服。他给了他们一记不大不小的教训。

马寡妇带人找过来的时候，十方正在小四合院里研究他的炸弹。这次做的是小的，装着硫黄粉的球状外皮是用蜡捏的，他觉得并不太圆，正眯缝着眼睛在掌心中一点点地揉。

虎头虎脑冲进来齐声说："二爷，外面有寡妇找你。"

他气得够呛，因为自来认为他们是陈怀瑾的人，说有寡妇找他，也就是陈怀瑾在故意给他泼脏水。他怎么会招惹寡妇？背身将手一抬，他连头都没回，直接用掌风将门带上了，扬声说道："没工夫！"

虎头虎脑于是去找公子，说："二爷在外头惹祸了，把人挂到树上了，现今人家找来了，他还不出去。"

爵爷正在阴凉处一面看书，一面看不远处的乔灵均练兵。听闻此言，兴致勃勃地与二人道："将这话原原本本告诉九爷。"

于是那天，惹了祸的十方，就被九爷一只胳膊拎着，扔到山外面独自面对寡妇去了。

马寡妇，是马聊聊在道上的诨名，之所以称为寡妇，是因为跟前面那位大当家拜过堂，虽无夫妻之实，已有夫妻之名。寡妇之前冠了马姓，则是因为苦大力本身并无姓氏，苦寡妇听着太衰，才随了自己的姓。

她觉得这个名字虽不英武，到底比道上那些诨名为刀疤强、猪肉荣、独眼刘等斯文一些。

十方是带着虎头虎脑一起回的官道口，人没露面，单是扔了两个娃娃对外喊话。

密林丛中，马聊聊只见两个黑黢黢的孩子叉腰站在正中，扯着嗓子道："人确是我们二爷捉弄的，各家山头有各家的规矩，您兄弟不懂规矩，原该受些教训。如今苦头吃够了，二爷也愿开恩放行。但有一样，不准再打仓绫官道的主意。马大当家的若同意，这便放人给药。"

马大当家的是骑着小驴赶来赎人的，挂着红缨的砍刀扛在脖子上。道上规矩她比任何人都清楚，自来是以拳头见真章。他们的人坏了规矩，技不如人，原该吃这一口闷亏。然而她若是就此走了，他们这一伙人的名声便算在这一片彻底完了。

"今次确是我们多有得罪，但是兄弟们也不过是想度日糊口，二当家如此作践这群兄弟，我若就此带人夹着尾巴溜了，这碗饭也不便吃了。"

她脆生生一副好嗓子，听在耳里便觉那长相该是红艳艳的，是只呛口小辣椒。

马聊聊也不是什么善茬，先礼后兵只是权宜之计。常在这一路行走的人，自来把面子看得比命重要，她带人回去容易，失掉的场子却再也找不回来了。

便是现在挂在树上的二当家刘伟，也在上面喊话："当家的！输人不能输势，我们哥儿几个就算今日栽在这里，也不能让人看轻了瓦岗寨的名号！"

你倒好意思说输人！

马聊聊赏他一记白眼，觉得那是成事不足败事有余的东西。若不是他认不清时局，错把强兽当弱民，没准现在还能分上一碗半碗的羹呢。

不过她今日既然来了，便也没准备灰溜溜地走。仰头看了看不知名的地方，她知道对方的二当家就在不远处。

"我男人在世的时候，曾有一句话留给我，就是被人打过的巴掌一定要豁出命去打回来，不是疼不疼的事儿，是要不要脸的事儿。大家都是空碗里捞肉的兄弟，锅盖子掀起半边，欠出了香味儿，谁还能干馋着？"

黑话说得贼溜。

十方这才向树下看了一眼。

他一直没有露面，大半身子隐在老槐树里。厚密的长枝碎叶里，可以看到马寡妇细软的小腰。再往上打量，是一件靛青色的粗布长衫，再向上看，是一方樱桃口，团团脸，葡萄眼，是个清秀喜气，又珠圆玉润的丫头。

十方瞧着年纪，不出十六，没想到竟已是"寡妇"了。

马寡妇年纪不大，却并不打没准备的仗，树下丛中，草里明面，带了不下二十个人，瓦岗寨的人这次全部被拉出来了。

十方见对方不想善了，便知今次这麻烦，惹得确是有些大了。他们本欲将山上安顿好，便去山下解决假银一案，若就此闹出事端，他们撤退走人，倒叫山里的村民如何自处？权衡利弊，只能一次收拾服帖。

"马大当家的既想黑吃黑，便看看有没有本事吃得到吧。"

十方自树上跳下来，斑驳树影中，少年笑倚洋槐，懒洋洋地抽出腰后长鞭。

马聊聊这才看清这位了不得的二当家的身形。

不壮，却非瘦弱一流。挺阔的身材被一件长衫包裹住，至于面貌……

十方蒙了面，雾气昭昭的一双勾魂眼，隐在额发前，堪堪挡住了那张人兽无害的书生面。

马寡妇常年在山野之地穿梭，鲜少见到这般周正的人物，不觉便怔住了。

但也不过就是一怔，很快她便笑开，与十方道："那便试试。"

土匪们抢山头，拼的无非力气胆识。马聊聊有胆识，也有力气，一声令下，十方便被埋伏在侧的土匪们团团围住了。扬刀斗狠，没什么招法套路，就是真刀真枪地拼命。

十方步伐稳健，先解决了冲上来的几名领头，随后鞭子一甩，卷住三个人撞到树上。

他的鞭子上淬了毒，下来之前，加了一点儿神仙醉。这种毒粉本体无色，沾到衣上却会如小虫一般，迅速渗入人肌理。

沾毒之人会觉短暂刺痛，口唇发黑。严重者口吐白沫，昏迷不醒。若不得解药，七七四十九日之后，必于梦中睡死过去，算是最温柔的一种死法。

十方不准备真的让人去死，不过是这次的麻烦过于棘手，必要小惩大诫一番才能立威。

马寡妇的人虽说都是练家子，于他而言也不过是市井喽啰一流。他于武学方面虽无太大造诣，收拾他们倒也不至于费力。

瓦岗寨的人，不出片刻便瘫倒一片，坐在驴子上的马聊聊气红了眼，反手抽出长刀，对着十方的肩膀便砍了过去。

十方无意伤她，甚而故意要留"活口"，鞭子一收，他徒手接刃，左脚抬起直逼马寡妇面门。

马聊聊就地一滚，还未来得及起身，便被他袖内一把短刀扼住了喉管。

"小心点儿，刀可不长眼。"

如此迅捷的一套动作，连呼吸都不曾凌乱。

马聊聊看见一双隐含笑意的眼，瞳孔并不清明，眸色极淡，像隐在雾气中的两汪深潭。

心脏就此漏跳几拍。

胜负悬殊顷刻已分，可叹马聊聊以"蜀中第一匪"自称，竟是在这一战中将里子面子悉数丢了个干净。

她哪想得到，此次与她对阵的，乃是冉兰宫嫡传弟子，更如何想到，这位看似温润的公子是正正经经的一位武将呢？别说区区二十人，他在漠北布毒沼暗泽时，曾以一人之力灭过敌方一个营！

她几不可闻地吞咽了一口口水。

"那个……"

她自生来没说过求饶的话，这次虽不肯承认，却着实有点儿吓蒙了。

十方将短刃收进袖中。

马聊聊没想到十方竟然当场放了她，就这么扬长而去了。

风中送来一句话："马大当家的若想通了，同意不再争抢地盘，便再来找我拿药救人。"

他给她留了退路。

然而，"抢救伤员"仍然是桩辛苦事。

马聊聊那天累得头发都散了，先是爬到树上，将浑身痛痒的二当家和几个能走的兄弟解救下来，紧接着又一人拖一个，顺着官道扯回家。

知道的，那是在拖兄弟；不知道的，还以为在搬尸。

"大当家的，绝对不能就这么算了！实在不行，咱们再从王五爷那儿调点儿兄弟，我还就不信了，这么多人都收拾不了一个使鞭子的！"

好不容易都运回去了，还是不让她省心，其中几位硬汉，就是一边受罪一边跟她嚷嚷，仿佛不如方才干脆死了，活着回来也是个二皮脸。

马聊聊搬了一只小板凳坐在院子里看他们，眼见着这些人说到一半就吐了白沫，便顺手从水缸里舀出一瓢清水泼到脸上。

"好点儿了吗？"

对方"好"字还没说完，又接着吐了起来。

神仙醉的毒性顽劣，一沾见"效"，童叟无欺。

她看着他们就不愁得慌吗？马寡妇一颗七窍玲珑心，在腔子里来来回回转了几个来回。

"现在的问题，是要脸别要命，要命别要粮的事。我虽是当家的，却不能不顾兄弟们的意见。至于打不过，跑去王五爷那儿调人的事……"

她拿眼一斜中了痒粉，将身上抓得全是血印的二当家刘伟道："你没见那是个用毒好手吗？王五的人又比我们的人高出多少？那老匹夫连寨子一寸外的事都不肯管，所谓交情也不过几句客套话，真当人家是你亲爹亲爷爷了？还有，我让你探定虚实再动手，为什么不听？"

刘伟被堵得无言，心说，谁能想到领着妇孺打仗的是头豹子？嘴巴开合，他想要狡辩，又无力狡辩，只能抬了手去抓身上。十方的痒粉是沁肤入骨的，骨头里的痒，便是抓到肉里，也救不了命。

良久，才讪讪道："那咱们就这么认了？"

马寡妇没说话，单腿一抬，她跷起二郎腿，绣着高枝红梅的鞋面有一下没一下地在虚空点着。

认还是不认？

他们统共就三十几个人，半炷香之内被人折去大半，剩下一小半半死不活的。她拿什么说不认？对方是何许高人，为何有此上乘武艺，都无处得知。话再说回来，若是真认了，就得再换山头抢粮想法子去，生计又成了大问题。

半个时辰后，马聊聊想明白了，拍拍裤脚上的土，站起身来。

"认吧。看着你们死，剩下我自己一个，还当谁的家去？"

匪众们果然再次躁动。

有说她到底是妇人，胆小畏事的；也有说吃败仗跟当家的拿不住事有很大原因，便如人家山头的当家，就能以一敌十。杂七杂八的议论声，闹得人不得安宁。

马聊聊没有回身去看，也懒得去看。

马姑娘虽然露在人前的是一副蛮横泼辣的形象，骨子里却是个懂得审时度势的机灵丫头。便如当年大当家一声不响地没了，她想活，便迅速为自己想出了保命之法。兄弟情义对她来说，只是保命度日的命符。她知道他们也并非真心辅佐她，无非是她做了头羊后，带他们找到了吃食，才得以生存。

既是互相利用的关系，便很容易舍弃。

既是互相成全的关系，又不能轻易舍弃。

这个说法看似矛盾，实则相互依存，追根究底，都是为了活着。

马聊聊第二日便去官道上叫来了十方。

她不知道他是从哪来的，亦不知从何处找来，便依照"原始"的法子，扯着嗓子大喊："二爷出来，我是聊聊，马聊聊！"

喊完以后担心他不曾记住自己的名字，又改口道："马寡妇，马聊聊。"

俏俏丽丽一个半大姑娘，盘腿坐在官道边上。一手托腮，一脸茫然之态。端看那面相，哀中带愁；观那模样，妩媚伶俐。一会儿喊寡妇，一会儿喊聊聊，穿成一串，遥遥听进旁人耳里，就变成了：二爷，撩寡妇了。

官道常有人往来，若有人将此看作奇景，必被聊聊一记眼刀看"死"，若遇到口贱舌长一类，便会撸胳膊卷袖子地大揍一番。

聊聊也不记得十方是什么时候出现的了，仿佛就是忽然而来的一朵浮云，轻飘飘落在她这块路边的"大石头"前，反应过来时，便见了一双鸦青色的皂靴。

"你找我？"

马聊聊仰起脑袋向上端详。十方的脸上仍然覆着黑布，眉目是她熟悉的。虽然只见了一次，但是她记得这双雾气昭昭的眼。

这双眼睛的主人昨日对她笑了一下，不是什么好笑。她知道那抹笑的真正含义是不自量力。

便是现下，他面对她，整体也是不耐的，似乎并不喜人常来扰他。

"对，我来求解药。"

她来求药，又拿捏不准到底该不该要这个药。若果仓绫这条线彻底没了，她就要带着那群狼再去寻新的窝。新窝找不到，又要闹起来几个。她昨夜甚至想过干脆不管他们，独自走了。

"我吧……"

她打了一个结巴，不知这话该从何说起。她有点儿想问问十方，你们那儿缺不缺人？若是缺，我救完那群兄弟，便跟在你们山头得了。

自己的麻烦，只有自己最清楚。马姑娘这个当家的，是时局动荡之时强行耍着小聪明坐上去的。三当家的白富有造反那次，就曾以她身为弱质女流，没有能力统领寨内兄弟吵出过事端。虽其后被她诛杀，但是寨内还有多少没浮出水面的"白富有"，谁也不知道。

这会子再出动荡，需要另觅新处，再找口粮，她真不敢打包票，有没有人再反。

便是今次这一场事，她又无端背了多少骂名？

我可去你们祖宗十八代的吧！

马聊聊心里恼火，表面上又不能露出来。这边山头的厉害，不止她一个人见识到了，便算一身蛮力的苦大力再活一回，能有比她更厉害的法子吗？

然而这些话终究还是没说出来，怕这边的二爷觉得她没义气。

可"义气"两个字，又值多少米粮？

马聊聊生得俊俏，年纪虽小，却已生成一副凹凸有致的好身段。巴掌大的一张苹果脸，圆是圆润了些，倒也不失为一个妖娆标志的人物。

便如此时，她就将长睫些微一眨，露了几分哀泣的可怜相。

"那个……"

"你要干吗？"

可惜十方不懂惜玉，眼见马聊聊双目饱含一汪泪，吓得生生倒退三步，像是生怕她赖上他，拧着眉头道："我可没打你，你莫不是要碰瓷？"

真真白瞎马姑娘那一汪泪了。

原来他不喜欢这种类型。

马聊聊是个很会识人眼色的姑娘，袖子一抬，便将眼泪收了。俏眼一挑，横眉一立，她展露出一点儿蛮横、一点儿泼辣。

"我吧……"

又用另一种语调开了头，最终也没"我"出个所以然来。

因为昨天负责喊话的两个小童不知从什么地方跑了出来，跑得挺急。气喘吁吁地冲到两人面前，见她还没走，松了一口大气。趴耳踮脚，马聊聊不知他们对十方说了些什么。

反正十方沉默片刻，又将掏出来的解药揣回去了。

马聊聊是被一条黑布覆住眼睛，带进山里的。坑坑洼洼的山路，碎石渣子堆了一地。过了哪片林，行了多少路，全不记得。

她时刻谨记自己于人前，该是个有胆识的女人。她是瓦岗寨的大当家，抢过老爷，劫过官道。但是这些，在孤身走进他人地盘时，统一化作一抹尘埃归到土里了。

她才十六岁，充其量只是一个半大孩子。她是有理由惧，也有理由怕的。

十方在她瑟缩时，一连拎过她三次衣领子。长臂一提，仿佛拎了只没骨没肉的鸡崽。她像是意识到了太窝囊，一经提起，必会重新调整步伐，挺直腰杆，器宇轩昂。

是陈怀瑾要见马聊聊。

一个月前，他们抢了一户药商的马车。车里的药材，有金银花种一类，也有草培木缘一类，皆是京内罕有之药材。

领头掌柜白落远，是万阳城安和老号的东家，做了十几年的药材生意。陈怀瑾在苏州时便对这家商号有所耳闻，知道他们从不赚昧心钱，当日夜里便将人请到山中，畅聊了许久。

安和老号这次送购的这两样药材，皆是在萧河商号高价买来的珍稀货，货品成色一般，叫价却极高。

而这两样药材，在天井山内遍地皆是。过去，无人识得这些好货。便算识货，也无途径销路。如今官道一带自山内开出小径，又恰逢白落远车行至此，便没有不谈下这桩生意的道理了。

陈怀瑾在白落远面前，自称游方医者，幸得村民照拂，才得以存活。山内村民虽落于匪类，却皆是良善妇孺一类。他愿意以低于市价三成的价格，将药材卖给安和老号，为的便是报答村民的救命之恩，让山内百姓有一份长久生意可活。

白落远虽是商人，却更是一名药痴。确认两味草药货真价实以后，当场竖起两根手指。

"两成。白某人虽非大善，却也省得活买活卖、人情常在的道理。萧河那边，一直坑着我的银子。但我因柜内新制丹丸必需这两味药，不得不常去求购。如今自您这儿得了好东西，低于两成已属厚颜，若以低于市价三成的价钱买下好药，岂非也成了黑心商贾一流？"

陈怀瑾之所以敢将白落远带进来，便是料定此人忠厚心善，一番试探，果不出他所料。

于是就此定下约定，每隔半个月，天井村于夹道上运送一批药材供安和老号出蜀。前面一批倒是将将顺利，第二批的时候，就出了岔子。

原来，安和老号原先供货的萧河商铺，不知在何处听说他有了新的供货商，查找无果后，一怒之下竟然买通打手，半路劫药。

第二批药材还没走出四川境内，便被统一扔到河中泡了水。白落远连夜飞鸽传书与陈怀瑾，说生意难做，虽有心相互帮衬，却着实不敢再接。并在信中注明，药钱无须退还，只是生意人以和为贵，不想再招惹祸事了。

陈怀瑾虽有此一料，却并未想到萧河那边动作那么快。

只能暂且安抚白落远，着他在驿馆暂等消息，随后命人再装一车药材，准备再次运送。

而运送之人，不能是天井村的老弱妇孺。乔灵均要亲自押送一趟，也被他拦下了。他推算了一下脚程，至少三日才能抵达白落远所住驿馆。运送人手也是一个问题，第二批药材是整整三车货物。

刚好这时，马聊聊误打误撞地"送上了门"。

四合院内，陈怀瑾让人除去了她的黑布。天色已然入夜，月在云里，半遮半露。人在树荫下，光影交叠，一个在明，一个在暗。

虚虚实实之间，马聊聊眯着眼睛，适应了一下光线，瞧见一道偎在太师椅上的人影。影子旁边好像还有一个小姑娘，正搬了一只石墩坐着，"咔咔"嗑着瓜子。

牙口真好。

这是马聊聊的第一反应。

脚下迈开一步，她想凑近些，忽觉椅上之人朝这边扫了一眼，她看不真切，也不敢再动了。

那人身上有一种迫人的气势，虽无静无波，却叫人心生畏怯。

她听人唤他"瑾公子"。

瑾公子今日跟她谈的，乃是一桩生意，一桩，从山里走到山外的药材生意。

"素来世间是救急不救穷的，大家既然都是穷苦兄弟，便有羹吃羹，无羹喝汤。我们可以将粮食分食一半与马大当家的，但是人，以后就归到我们一类了。押送药材一事，不必我说，大当家的也知要三缄其口。药材所得，可分六分之一与瓦岗寨，双方各自得力，各有活路，这是长久买卖，马大当家的以为如何？"

他的话给得不多，语速轻缓，不紧不慢间便为她抛出了一条路，也截断了一条路。路的意图很明确，他要她带着她的人归顺，为他所用。

"我……"

马聊聊脑子浑噩如乱麻，需要一些时间消化这些信息。

但是瑾公子根本没有给她消化的时间，广袖一抬，直截了当地让十方换了药。

"毒不能全解，现下这瓶只能暂缓毒性。日后若肯以心交心，便就全解了，不再受困。"

陈怀瑾需要一支真正称得上是土匪的人以暴制暴，萧河那边既动了念头，便不会只闹出这一次事。日后常行官道，没有一支队伍傍身是决计不行的。

他看得长远。

他们现今的方式，表面看去是救了天井村的急，长久推算，仍是无法安心。便如马寡妇一类，是因他们三个人仍在山中，才有的应对之法。若他们离去，难保再有张寡妇、刘寡妇来争抢。

财既然露了富，就做到露富的财再不能有人敢窥视为准。他查过方圆几十里的几伙土匪，马寡妇的这支是最出名的老户，横霸官道多年。再有就是一个叫王五的，虽也在蜀地，却远在百里之外，是个宁可占山为王，绝不多吞一步的保守人物。

马聊聊的人，虽未见得一次乖觉，但先兵后礼，尝过教训，就会比旁人多几分记性。

马大当家的直到从四合院里出来，才想起来腿软。

方才在院中的时候，她一直站得光杆溜直，不为别的，就是想强撑一口气。

坐在月色里的那个人，她由始至终没看清楚长相。但她打心里怯了，不知怯的是什么，大气也不敢出。

仿佛那人、那院，都有让她骇破胆的理由。

同样为匪，怎生气势如此不同？她甚而觉得他们是官派了，要不然她怎么膝盖总想往地面挨？

然而对方提出的条件，她也确实没有拒绝的理由。落草为寇的人，追本溯源，无非"饥肠辘辘"四字。肚子不饿，谁肯顶着掉脑袋的危险冒这个险？

至于押送药材。

她脚下顿了顿，问将她送出去的十方。

"二爷，我们兄弟那点儿本事，您是见到过的。万一路上……"

马寡妇不是傻子，生意虽好，却并不好做，若真那般容易，里面那位爷，为什么不派他的人去？

二爷听后打了个呵欠，说："既拉了你们，便不会让你们出事。"

话说得挺仗义，却并不能让马聊聊就此安心。这就好比一家夫妇生养和抱养的两个孩子，捡回来的，就一定不会比亲生的更金贵。他们显然是后者。

十方将她送到一处小径，就再次覆了黑布，遮住眼睛。他们现在还不能信她，进入山里的路，自然也不会让她知道。

马寡妇心知，此时知道得越少越显本分，因此也不多问，由着他七拐八绕再次送回官道。

黑布摘下来时，听到他说："解药只可暂缓，拿回去吃了，吞水送服。"

当然她也可以选择不吃，那么，山下的那群兄弟，就等着丧命吧。

马寡妇晓得她是骑虎难下，回去以后一字不落吩咐下去，果然又听到了一番"硬汉之论"。

"不行！我们自家占山为王多年，没道理白白给人做此牛马，便是前当家在的时候，也不会下此决定！"

"就是！您别被那个小白脸子给忽悠了，哥儿几个出生入死这么多年才打下的天下，说投诚就投诚了？不行！绝对不行！"

"天下？你们的天下就这么大点儿？"

马聊聊坐在小板凳上，将他们逐一打量了一遍，指着空锅，比着空盆。终于被气出了脾气。

她是个窝里横，且在山里是受了惊吓回来的，若对方是个不好相与的，很可能当场就死。如今完血完肉地回来的，他们不体恤，反而要嫌她的不是，可见仍旧是一群没心没肺的白眼狼。

既是狼，就没必要顾及情面，一样一样掰扯出来吧。

马聊聊说："我且问你们，我们的米粮还有几日能度？再问你们，仓绫官道照此之势，还有多少能抢。便算放弃这条官道，改往南行，王五的地界，你们分得到羹吗？再南行，走一路抢一路？"

"人家现下愿给米粮供着，便是押送药材，也肯分出银两。你们一个个硬气要脸，倒真走出去看看！"

底下的人果然不再咋呼了，她又叹了口气，开始拢回人心，"我自进你们这个寨子，便操碎了心肺，两年前粮穷米尽，是谁拖着你们逐一喂饱肚皮的？我现今也不多做挽留。愿意跟我转投这处山头的，便跟着我继续吃饱穿暖，不愿意的，还请你们就此出了这个门，莫再回还。只还有一样，身上的毒我解不完，里面那位说了，除非我们愿意忠心，不然，谁也别想好活！"

马聊聊说完便进屋了，踹开摇摇欲坠的破木板门，她也是一肚子火气。

平心而论，这个结果也并不是她满意的。她的年纪一天比一天大，脑子里想的事儿，便不再是逞强斗狠。狼窝不是女人待的，她早就做了离开的准备。现今局势一转，虽有活路，却无定数。心中焦躁难安之余，又是彻彻底底地无法。

山里那两位爷，和那个从头至尾都没说话的小姑娘，都是玄中透着不好惹的气势。不像匪，也不像官。她想不出他们是打哪里出来的人，观本事，敲门路，大约是世外高人一流。劫富济贫，江湖侠义？或许就是了。如此冥想至后半夜，觉得认定非虚。

那类人是会飞的，她就亲眼见过二爷飞。纵身一跃，在高枝翠叶上便没了行踪，他们自然是比不得的。

马聊聊瞪着眼珠看帐顶，闷闷地想，若真是此类中人，我便牢牢跟定了他们，倒也不错。

"可是……运送药材一事，单凭我们这些人，真的能行吗？他们会不会拿我们当靶子使？"

这成了她睡前的一声喟叹。

与此同时，天井村四合院里的三位大人，也正在讨论让谁陪同马寡妇的人押送药材的问题。

根据白落远的书信描述，他们大致可以断定，萧河那边的打手并非江湖人士。力气和功夫底子必定是有的，跟马聊聊的人对起来，应该是不相上下的水平。

但是也难保个中有几名练家子。马聊聊的人是刚被拉进来的，第一次负责押送若就受伤，怕是往后也要骇破胆了。

"我去一趟。"

乔小将军有一口好牙，兼并相信她亲姐妹亲老母的，多吃一定能再长点儿的信条，每逢茶余饭后，必要嚼点儿瓜果炒货，跟陈怀瑾喝药时的表情，不相上下地虔诚。

她说她去一趟，站起身来拍拍手上的碎屑便要向屋里去。自来是说走就走的性格。陈爵爷歪在太师椅里，眼疾手快，一拎后领子，又将人提了回来。

"哪儿去？"

他睨她，脸上堆满不解。

"收拾收拾，明日赶早上路啊！你还不放心我去吗？"

说完抬着小胳膊反手拍了拍他的手臂，示意他松手。她虽个子矮小，却极不喜欢被人拎成一个崽子。爵爷今夜倒好说话，手松开了，又在对方不觉间拉回到小石墩上挨着他坐着。

乔小九说得对，他最不放心的就是她。

"我知你想活动活动筋骨。你的本事，对付几队打手，也没什么不放心的。只是你想过没有，若你以一人之力，独挡几十人，传进旁人耳朵里会变成什么样？"

乔灵均的身高，在这样的敏感时期是最容易露出破绽的。若果三皇子那边要查，首先就是找"半大孩子"。山野之地，哪会有这么厉害的女娃？还有她的刀，便算不用九环刀，她的招式，也是官家套路。

"而且你习惯庇护旁人，人一来，你先冲上去了，我还留马聊聊的人做什么？"

陈爵爷说完，抓了一把炒瓜子放到灵均小手里。

"接着吃。"

这便是否了让她随行的意思。

乔九爷在很多细节上都愿意听从他的，此时给了瓜子，便专心嗑开。三两颗果仁下肚以后，她扬了一下脑袋："那让十方去吧，他比我稳。"

十方是有稳妥劲儿的，虽常年跟陈怀瑾打架，大事上仍是知晓分寸之人。三人中既然非要去一个，倒是他最合适。

十方本来靠在树边上摘树叶玩，听到这话以后反应了一会儿。没说不同意，只是："我是个半吊子，跟过去肯定不能用毒。去是没问题，三宝跟我一起，我可以看着她不动手。真有应付不过来的，再给点儿教训就是了。"

九爷还在认真地嗑着瓜子，未及十方走过来拉她的手。小崽子今日乖觉得很，眼睛一眨不眨地看着她，小心又怯怯地说："咱们也好些时日没一起出去了，过去在漠北，不是也常一同出去？"

手腕忽而一轻，是陈爵爷用掌风拂开了十方。白得凉薄的脸上，勾出一抹笑意。

他说："柳军师乃是武将，又是冉兰宫亲传弟子，便是不用毒，收拾几个打手还成问题吗？何必如此自谦？"

柳十方闻言笑开，对陈怀瑾道："我并非自谦，而是真格本事不够。说起来，爵爷才是个中里手，既不愿我同三宝涉险，不若亲自去一趟？"

说话间，又将手搭在了乔灵均的手腕上。

十方的手温热，陈怀瑾的手清冷。灵均站起来，还未张口，便被陈怀瑾拉到身后，挡在十方面前。

"你自己去，灵均跟我自有其他的事情办。"

"合该这事儿早就想落我身上了？那便明说，你不说，我怎么告诉你，我不去呢？"

两位小爷在夜色里都笑得云淡风轻，眼神对到一起，冷得伏天都冒了寒气。乔小将军撸了两下胳膊，觉得有点儿冷，觉得这地方再待下去怕是要不好。

但明日就要运送药材了，人再定不下来，总归说不过去。

而且让十方押送药材确是最佳人选。

他们前些时日接到林升迁的消息，说是不出三日，葛蔺晨的小舅子赵时言便会抵达大兴。官府里的事儿错综复杂，要多一个人跟去处理才好。

"十方，出来聊聊。"

九爷定下心思以后一指院外，率先出去了。她迈的是官步，双手背在身后，跟过去在军帐里的架势一模一样。她在处理正事时便是这副做派，十方不敢在这时跟她胡搅。

他跟她的年头久了，虽将她当作心上人看待，更多的还是奉她为主。武将服从军令是天职，纵知道她要聊的，必定就是让他随送药材，仍是皱着眉头跟了出去。

半个时辰以后，九爷回来了。十方没跟着进院，倚在门口说看见陈怀瑾要死不死的脸，心里就堵得慌，要去孔老爷子那儿住。

陈怀瑾不必深问也知晓，必然是应下了；不必深问也知晓，乔小九没少说好话。

今夜有云遮月，难得吹下几缕飒爽的凉风。陈爵爷一手执壶，一手落盏，倒了一杯清茶出来。

茶叶用的是毛尖，入口绵柔轻缓。喉间韵下一口茶香，他抬眼看了乔灵均一眼。

"过来。"

九爷抱臂靠在院门子上，没动。大眼睛忽闪两下，有点儿怕他追问方才是怎么哄十方的。她生来是女儿身不错，但是骨子里一直是纯铁纯钢的性子。一看见两人闹起来，便想迅速躲出去。

竟然真有点儿应了艳红近日常说的那个词了。

"窝囊！"

九爷窝囊得不敢过去，爵爷也不催她，慢条斯理地用镇纸压开一张白宣纸，敲了敲一旁的砚台，问道："昨日让你练的字练好了吗？"

老天爷抬爱，居然没提十方。

乔小九暗暗松了一口气，但是说到练字，却也没比提十方让她舒坦多少。

乔灵均的字并不好看，握起笔来就是一只拳头攥着一根笔杆，横平竖直是可以"画"出来的，称不上字，更算不上什么体。

她在才学上又并非敏而好学一类，学套新刀法的兴致倒是有，习字却是比嚼蜡还没滋味。

"写了两笔，后来孔老爷子找我，便去了。"

"孔老爷子能有什么事找你？"

陈爵爷见她仍站在不远不近的地方对他胡说八道，抬袖招手，又说了一遍，"过来。"

好不容易等人蹭过来了，又是满脸的不耐烦。乔小九愁眉苦脸地说："大人，这会子便是公务也该歇下了，大半夜的还练字？"

他垂首不语，笔尖蘸饱了墨，命她站在身前。两人共同执笔，不知有意无意，搭了她半根手指。颊侧有茶香入鼻，清淡温润。

"婚帖是你我二人共同执笔，赠予同族长辈。字若太丑，岂不要被笑话？"

月色里，他的半张侧脸，精致得分外不真实，仿佛世间最上乘的一块羊脂白玉，经过匠人精雕细琢而成。自那日交心后，两人便忙于应付山中事宜，因要早日放手下山，没在其他事上有更多交流。她没有想到，他心里是装着这桩事的，不只装着，连带细节，也放在心上。

"婚……帖。"

这两个字，分开来，或是聚到一起，都有一种百转千回的甜腻。

"嗯，婚帖。"

他没去看她，上身前倾，似将所有心思都落在了字上，逐渐红透的耳根，却暴露此时的心绪。

"看我做什么？看字。"

他到底还是绷不住，皱着眉头发了一点儿"小脾气"。

乔灵均咧开一排小牙去看他，被他转回去，又自己转回来。

"那便都由你来写，岂不更好？我的字再练百年也是上不得台面的。"

想到此处，她又跃出一些一知半解的迷茫，不知道两人婚后当如何相处。过往想来，该是如他们在太守府时的生活一样，同吃同住，同床同寝。想起来，会很欢喜，细思起来，又有点儿担忧。

她知道大致的生活应该是这样的，但又知道，一定会有什么不一样。

乔将军是心里藏不住话的人，既将陈怀瑾当作自己人，便是直来直去地坦诚。

"怀瑾，我并不知，我是否是称职的妻。我喜欢你，愿同你生活。可有时我又有些担忧，实是无法想象我去相夫教子，是何种模样。我看那些后宅的主母，年轻些的，便终日打点妯娌关系。年长些的，有了闲空便是吃茶谈天，帮人拉些郎配。可我只会带兵打仗，同后宅当家是两回事。若我做得不好……"

这些事情，她也琢磨过百遍，仍然全无头绪。

"若你做得不好，便是我的过错。"

执笔的手带着她在白宣上缓慢地画开。他的字自来是好的，颜筋柳骨，颇具大家风茂。他带着她提笔落墨，不曾有半寸偏离。

他是能让她安心的。

"我要的也不是一个苦守宅院的夫人。日后你我，仍是你我。不必学什么相夫教子，孩子我会教。"说至此处，他笑了一声，"而且便是你敢带，我也不敢将孩子交与你带。儿子尚可，若是女儿，学得跟你一副模样，我到哪找一个这样的我来配她？"

他带着她写完最后一个字，让她转过来看着他。

"什么都不用担心，我会一直在你回身就能看到的地方。"

云散了，月华满地。茶药香气丝丝缕缕沁人心脾，她心头一涨，似是被什么攀爬了，充盈了，注满了。她是奉天朝的骠骑将军，身负家国重任。从来都是一个人在扛，从来都是以一人之力，护万千百姓将士安康。

她从来不知道，有一个人站在身后的感觉，是这样好。

眼内灿若繁星，她自己并不知晓这番情态动人。单是笑看着他，醉了夜的风，眯了情人的眼。缭缭绕绕一缕情丝，欲说还休一肠情愫。

"我自是会将我们的孩儿教导成栋梁的。我是奉天朝第一个不到二十岁便封了将军的武将，哪会如此不中用？"

可惜仍旧不解风情，未能在缭绕中说出几句动人情话。他敲了一下乔灵均的头，调侃道：

"少将军刚刚不是恐婚？最好给我些报酬，以免传将出去，成为坊间笑谈才好。"

她被他说得讪讪的，偏生越发笑得玩味，气得她张开手臂就要掐他，伸到中途，临时改了主意，环抱住他的腰身。

额头抵住他的胸膛，心跳如鼓，她像个害羞的小家伙一样，不肯让他看她红透的脸。

心里有一句话没能说出口：你怎的这样好？

她亦是爱他的，不然根本不会担心做不好他的妻。不然，便不会忧心，会将孩子教得不好。她只是太久不去表达了，从父亲离世那一年，便不知如何告诉一个人。

我很爱你。

他愣了几许，环抱回来。用了一些力道，怕她疼，松开些许，又觉得太松，想要完全拥进身体里。他亦是懂她的，所以循循善诱，教她爱他。

如果爱是徐徐图之，他愿意倾尽一生。

桌上的宣纸被风吹起，一行行书，卷起落下。

桃之夭夭，灼灼其华，之子于归，宜室宜家。

摘自《诗经·周南·桃夭》。

她问他："此书何解？"

他一字一顿地说："桃花怒放的那天，艳若一捧红绸。有位姑娘要出嫁了，喜气洋洋嫁入夫家。"

雪中初见，你笑得灿若桃花，我醉得不知归路。

探案路上披荆斩棘，你护我周全，我保你安康。

爱上一个人需要多少理由，我不知晓，我只知，自心动那日起，冬雪炽夏，华春艳秋，只想同你一个人度过。

可惜那时的两个人都不知道，这场缘起，从出现伊始，便布满荆棘。

第五章

良宵花塢

薄情又多情

艳红清早喜欢哼小调，过去在舞坊的时候，便有这种习惯。乔灵均和陈怀瑾准备下山时，她正在哼唱《良宵花坞》。歌词大意是舞坊姑娘错爱薄情郎，人财两失后，跳河自杀。配着她的小嗓，本该有种悱恻婉转的凄然。但是她近些时日似是想通了，调子里竟然带了拨开云雾见月明的清朗，硬生生将一曲悲歌，唱得出嫁似的喜庆。

众人见她欢快，纷纷送上笑脸，夸赞之声不绝于耳。仿佛她的清朗，是值得所有人庆贺的。

就连孔老爷子都忍不住对乔灵均感慨："可算是熬出头了，隔壁的娃子都快被吓死了。"

艳红刚来的几日，日日以泪洗面。白天忍着，非到晚上闷在被窝里哭。哭到兴头来了戏瘾，还会"咿咿呀呀"地号上一段。若不是村民皆是心慈人善之辈，只怕被当场打死也未可知。

"她年纪小，有不懂事的地方您老多担待。"

九爷笑着赔罪，双手拱起作揖。人是她带回来的，云山雾罩地折腾了小半个月，她也很是过意不去。

孔老爷子连忙还礼说："使不得。"

正自客套间，艳红走上前来问安，面上也知羞愧，讪讪搭言："老爷子早，九爷和公子这是要往哪里去？"

灵均不遮不掩，直接道："我们去大兴，有些事情要办。"

说完还给她瞧了瞧背上的小包裹，叮嘱道："有些时日不回来，你的身子还需静养，我知你常去三娘那边帮衬，但还是要顾及着伤处，莫再裂开了才好。"

艳红听后盈盈一笑："全听九爷的。"

她在山上过得很好，虽则吃穿用度大不如前，却是打心里生长出一种踏实。她是懂得感激恩情的，粗枝大叶的九爷也好，精细苛刻的公子、嘴恶心善的二爷也罢，都是救了她性命的人。便是山内婶子婆婆，也都不曾因她是外来的而多欺负一分。

人过得舒心了，心里那点儿怨怼便随之冲淡。对于大兴，对于李培玉，也没那么提不得了。

眼见两人说话便要下山，艳红不觉跟进了几步。

"九爷……"

"嗯？"

灵均回头，艳红反而踟蹰了。

她想去大兴县看一看。离开那个地方也有些时日了，害她的人早已不在，留下的人却是有一位，让她日夜惦记着。

她在舞坊时曾有一名小姐妹，唤作袖扬。七八岁入坊学舞时，两人便日夜挨在一处。那人是个软包子，被人欺负了，都是她替她出头。她不知她"死"后，她过得如何。心头惦念不下，总想再望一望她。

"想下山？"

九爷一双眼睛，似能隔物看心，遥遥一招手，她大方应道，"那就一起走。"

艳红知道九爷不简单，山上的这三位，没有一位是简单人物。她初来乍到时，也曾忐忑不安过，不知他们是官派，还是江湖侠士一类。若是后者，那么好说，她身上并没有江湖恩怨，若是前者，她不太敢想，是怎样大的来头。

但是他们似乎完全信她，不曾对她的过往多问一句。她说想下山，他们便真的带着她往大兴县来了。

三人抵达城内时，夜已经很深了。

明月挂在半空，是被天狗吃去了一大口的细弯月牙。打更人醉意醺醺，不知在哪里饮了烈酒，正一面敲锣，一面歪歪扭扭地行路。

齐整的店铺熄了灯，偶尔可以见到一小撮平躺路边休憩的穷苦人。破衣烂衫，横七竖八睡得没有半点儿规矩。野狗身上的皮是紧挨着骨头的，没寻到什么好吃食。垂头丧气地呜咽两声，掉头走了。

三道人影并作一排，在月亮地里被拉成长长的一纵。

他们在一处高墙前停下脚步。

"九……九爷。我若没看错的话，这处是……县衙后宅吧？"

艳红对大兴县很熟悉，面前的这一处，正是她常来常往之所。正中一扇黑漆木门，曾经推开无数次。那时，她还是这里的娇客。因为识文断字，很有一些管账的本事，被李培玉叫来看账。如今再次面对这扇大门，惊讶、愕然，汇聚成团，平平直直地让她僵在原处。

"对，你识路的本事比你旁边这位爷强上许多。"

相较于艳红的惊，九爷反而泰然得多。并不多问她为何认得后衙，也并无太多解释。上前几步敲开门上铜锁，没过多久便迎出一个人。

开门的是位半大不大的少年人，生着一双黑白分明的柳叶眼，模样周正俊朗，很像世家公子，神情里却不知为何，透露着一种清秀的傻气，让他看上去很好欺负。

"舅舅、舅母，可算来了！让外甥好等。"

傻过以后，他的脸上焕发出一种晶亮的神采，仿佛他们是从天而降的神明，专为解救他这名凡人于水火之中一般。

他的身上还穿着官袍，十五岁上下，却对着明显比他大不了几岁的九爷公子施了晚辈的礼仪。艳红骇了一跳，不知这门亲戚是从何处来的。心里对这两位的来头，更加惊颤了。

他们做土匪的，难道不应该避着官走吗？

"信上说的可见全忘了，我们是你爹从宅内送来的家生奴才，负责照顾你的起居。怎么还跟我们攀上亲了？"

九爷率先进门，见艳红还傻站在门槛处，顺手一捞，关起门来介绍道："这会子多送个丫鬟给你，唤作艳染。"

又对艳红说："这是林升迁林少爷。我跟公子都不惯伺候人，以后面上的东西，就看你帮衬了。"

三人在抵达大兴县前，便乔装打扮过一番。陈、乔二人明面上是林府的大丫鬟灵久和侍从瑾言。这会子多了一个艳染，也不算累赘。毕竟林公子家大业大，父亲着人送几个使唤人，也没什么说不过去的。

林升迁的胆子只有芝麻绿豆那么大点儿。一听说赵时言要来了，便吓得寝食难安。陈、乔二人亦不放心他单独应对，便想了此等方法，"随侍"在侧。

至于艳红那边，乔灵均知晓她是揣着明白装糊涂的人，介绍完毕便进屋了。有些事情，她想让她自己想明白。

衙内只留了一盏纸面灯笼。艳红亦步亦趋地跟着他们走进，心中疑惑有之，感慨有之。

果然是一朝天子一朝臣啊！她在心内自语。

这处院子，在李培玉手里的时候，还是富丽堂皇的一块鲜亮地。如今地皮被刮三尺，破败如斯，他弃了，竟然就这样扔给旁人。

再暗暗端详一眼林升迁，分明是傻傻弱弱一名小公子，身上却架着硕大一身官袍。风吹起来，便印刻出一副筷子一样的身板。

无端便觉得，这副场景有些可怜。

一时在屋内落座，艳红很自觉地去耳房煮了茶与三个人喝。茶盘上撂了三盏杯子，林升迁示意她先给爵爷和九爷用过，才自盘中接最后一盏。

因想起艳红没喝，用到一半，林升迁指了指书架上的白瓷蓝茶盏道："艳染，还有一个杯子，你也喝。"

他是不怯生的，介绍过后便算认识了，直截了当地唤了姑娘闺名。艳红脸上现出几分讶色，似是没有想到，这位小爷这般细心，刚要谢过说"煮茶时已进了几碗水"，又听到他接口道："可是这身衣服并不配你，你的脸面生得这样黄，是不该穿大红色的衣裳的，显黑。"

三人相聚，必有紧密之言相诉。艳红没在屋内多留，奉完茶后便转身出去了。

她过去没遭过大难，不懂得谨言慎行、少听少视的道理。死里逃生后，就通晓了。很多事情既要发生，拦是拦不住的。就像她此时不过问公子与九爷出身，依然会有答案浮出水面。她知道他们是好的，也知道，他们一定知道，她知道些什么。

至于新近认识的林升迁，便有些说不出好坏了。

"艳染，倒杯茶来。"

"艳染，这天快热死我了，你热不热？要不你先帮我扇扇，扇热了我再帮你扇。"

"艳染，你怎的又着红色？真的不好看。"

艳红看得出来，虽同为"用人"，林升迁是完全不敢使唤其他二位的。不仅不敢，没人的时候还要端茶递水，卑躬屈膝地守着。

天井县令姚赤诚造访的时候，"侍从"瑾公子还在屋内呼呼大睡，他生怕扰了他清净，扯着姚赤诚的衣领就往县衙走。

九爷那会儿正在房顶上嗑瓜子，他回身看了一眼，也没敢叫，单是一迭声地唤："艳染。"

好像三个人里只有她平白欠了他。

红泥小炉烧得茶水鼎沸，艳红端了茶具进屋。她是认识姚赤诚的，见识过他在李培玉面前的哈巴狗模样。此时换在林升迁面前，倒是收敛了许多，虽仍是一番讨好之态，到底欺他年少，少了几分恭敬。

姚赤诚说："赵舅爷的车驾，晚些时候便要到了。这个人的性子乖张，素来喜听逢迎之词。您到时候见了，可千万别端官大人的架子。他虽不是官，他姐夫可是咱们这一片的土皇帝。还有一则便是，他是个跛脚，此生最恨人盯着他这点儿残缺，万不能惹了他不欢喜。"

姚赤诚因林升迁常常呆傻执拗，很愿意教会他一些官场上的门道。

他真心实意地希望他能跟赵时言搞好关系，真心实意地希望，能从二人的交好中，获得一点儿应有的利益。

真心实意的姚赤诚不知道，林升迁此时所有的注意力，都集中在"跛脚"二字上。

陈怀瑾之前跟他说过，庆芳见到的运送假银之人便是一名跛脚，中等身材，瘦小干瘪。除此之外，此人还是左撇子。

升迁不好直问姚赤诚，赵时言是否为左撇子，太直白了，难免叫人疑心。思忖之间，招手于艳红："姚大人的杯子空了。"

与此同时。

"你觉得如何？"

姚赤诚不知，房上两位"看官"已经盯了底下许久。砖瓦欠开一片，便是方块大小一处"赏景"地，所有情貌都尽收眼底。

"艳红很老实，不必再盯。赵时言……要见见才知道。"

天下之大，跛脚和左撇子都无甚稀奇。也许赶巧，也许不那么赶巧。

陈小爵爷打了个呵欠，脸上还挂着睡意。半躺不躺地歪在房上，突然忆起自己尚有一味药没吃，便埋头在怀里，掏出一颗小药丸。

"姚赤诚对林升迁倒是一万个放心，有他在，反而好办很多事。"

九爷正在分析脉络，没听见回音，抬眼一瞅，眉头就跟着皱起来了。

"你吃的什么东西？"

"药。"

陈小爵爷用低哑的睡嗓说："止咳的，我昨儿晚上喝水呛着了。今早醒来便觉喉咙不舒爽，提前吃了预防一下。你要吗？"

这种时候的他，真的很像一个傻子。九爷甚至觉得那并非身体有病，而是心里有病了。无奈地摇了摇头，她苦口婆心劝道："呛着了是不需要吃药的，我早起也会嗓子干。是药三分毒，吃进去的那些，比你呛的那一下还伤身呢。"

他已经咬了半颗了，剩下一半被她夺过来。黑黢黢的小药丸跌跌撞撞地顺着房檐滚到房下，孤孤单单的，可怜。

"用对了就没毒。"

他一脸怔忪地解释，盯着房下一个点，眉目神色都有一点儿孩子气。九爷见那模样，便知其实还没睡醒呢。再听一会儿房内的动静，无甚太重要的信息可获了，便捡起一块砖瓦，掷到地上，拉着陈三岁补觉去了。

瓦片落地的声响不大，但因提前招呼过，林升迁听到后，便知道梁上二位已全数知晓了，于是抬袖端茶，饮下一口，对姚赤诚道："既是皇亲国戚，自然会好生招待。我已着人在翠玉阁订了酒席，待赵舅爷到了，便接风洗尘。"

姚赤诚连声道："如此甚好。"

诚如老姚所说，赵舅爷在外面，是很喜欢大铺大盖的排场的。

此人没读过几年书，也没学过什么本事。不过是因着姐姐嫁得好，才在蜀中一带混出些头脸来。大事小情，多多少少都会掺和一点儿。不掺和怕被姐夫嫌弃没用，更加不好混吃等死了。

然而葛蔺晨依旧常常不给他脸，动起气来，甚至当众数落他的不是。久而久之，他在离开他眼皮子外的地界，便分外要一分面子。

林升迁带着姚赤诚来见他的时候，衙役们也跟着出来了。两位县官并两支队伍分置道路两侧，敲锣打鼓，齐唤"赵爷"。

快赶上京城四品大员的阵仗了。

但是赵舅爷那天没掀帘子，内心虽很享受这种呼风唤雨的感觉，仍是担心传到葛蔺晨耳朵里不好听。

于是微一摆手，直奔下榻之地而去。及至晚些时候，林升迁携姚赤诚再次造访相邀，才肯"勉为其难"地赴约。

林升迁的接风宴定在了大兴县最好的一处酒楼。菜品齐整精细，厨子是本地人，烧得一手地道的蜀中菜。雅室内很宽敞，镶着雕花柳木的月牙门外，还用吊帘垂帐隔开了一个小戏台。左边拐角处有一架多宝阁，摆着西风八宴的长颈瓷瓶。右面一侧六角长桌上，笔墨纸砚齐备，是极适宜文人墨客把酒言欢时，落笔行文的意趣。

正中圆桌上是八荤八素，并两钵浓汤，甜品酥果是先上的，做开胃前菜。

席面上伺候的人也挺排场，都是林升迁家的"家生奴才"，各类事宜安排得宜，让赵时言很是享用了一把。

"李培玉是没有这样的品位的。我过去说他，既得了财，也得了官，便应当学着附庸风雅，过得体统些，别成日活得跟土财主似的。就说这吃饭，他是决计不会想到用素的，满碟子大鱼大肉，见不着一点儿颜色。"

赵舅爷三两杯酒下肚以后，话便多了起来。身子在椅背一靠，他吊儿郎当地用筷子敲了两下碗边。

"不过，也还说得过去。他是小门小户出身，夫人家反而体面些。因此得了好处以后，便终日过着这种土里土气的阔老爷生活。林大人出身商贾，是吃着上等米粮过活的，自然与他不同。说起来……林大人家是做什么营生的？怎么没听你提过？"

赵时言看着浑噩，话头一转，竟是扔向了林升迁。

升迁时刻都在注意他的一举一动，此时听来，便从善回道：

"下官家里是做古玩生意的。父亲当年还去京城做过一段时间买卖，后来因为一批货物出了问题，惹了一位大人不欢喜，便又退回泉州去了。"

"哦？那你会说泉州话吗？我怎么觉得，你这调子里全是京腔？"

赵时言状似无意一问，眼皮子耷拉着，却是将林升迁问得一怔。

"下官确实说京话的年头要久一些。两三岁的时候便随父亲进京，长到十二岁才回了老家。泉州话也会说一些，到底学得年头少，便难改回来了。"

回完以后，当真讲了几句方言。赵时言听着顺畅，兼并没听过地道泉州语，便含糊一笑，带过去了。

林升迁在泉州待过，学过一段时间当地话，当时只觉好玩，没想到能在这时派上用场。

眼见在赵时言面前混过去了，小林大人很是暗暗欢心了一下，执起酒杯喝到一半，又听到赵时言问："那怎的买了这处地界的官？旁人若不知蜀中一带穷寡便算了，你是京里待过的人，你爹做京商生意，必然跟官府的人常有走动，怎会连这点儿消息也不知？还有，这笔买卖是跟谁联系上的？京里、泉州，还是蜀中？"

"这……"

小林大人呛着了。

一面咳，一面招手让"丫鬟"为他拍背。虽然在来之前，他便将赵时言会试探的问题逐一思忖了一遍，但是这种突发性的提问，仍旧有些乱阵脚。

他还是个孩子啊，为什么要这样吓他？若非有陈、乔两位在身旁，林升迁真不知道要慌成什么样。

说到底，赵时言不比姚赤诚，看着好糊弄，实则是个人精，每句话里都意有所指，每个字中都在试探。

"我们家公子是家中独子，老爷宠得没边，夫人反而严厉些。便是蜀中这一趟，也是特意托了关系找过来的。夫人觉得，终日富养一定要成为废物，巴巴地送到此处，为的就是让公子尝尝苦头。让赵舅爷笑话了。至于联系的谁，都是家里大人们忙活的，公子只管接活儿。"

林升迁没出息，身边的丫鬟倒是伶俐。赵时言但见那个拍背的娇小丫头接了话茬，模样生得并不俏丽，唯有一副嗓子清脆。年纪一看就是不大的，说完以后还对着他傻笑了一下，被反应过来的林升迁跺着脚教训。

"没大没小！赵舅爷这话也是你接的？分明是问我的，你回什么？"

小丫头竟不怕他，笑说："奴婢只当公子骇破了胆吗，过去在家中不是一被老爷问话，就急得磕巴？奴婢知晓赵大人是顶厉害的人物，生怕公子出了丑，怎么还训我？"

"你！"公子气得脸红脖子粗，袖子一摆，恼羞成怒道，"你出去！"

"出去就出去。"

小丫头当真转身走了，脚步轻快，一跳一跳的，想来在家中，这种嘴也是不少斗的。赵时言的眼珠子，在主仆二人身上逐一扫了一遍。

他倒是挺受用小丫头说他是大人物的那句话。

丫头小，公子软弱，兼并带点儿娇养的臭脾气，倒是跟李培玉递上来的情况吻合。

"你也别骂那丫头。我瞧着，倒是挺好。"

赵时言不动声色地夹了一口青菜，嚼了两下。

林升迁面色讪讪，眉头跟着皱起，颇有几分羞臊地说："下官却是没太大出息，初入官场，家中爹娘放心不下，便送了个嘴碴子厉害的丫鬟。因很讨母亲喜欢，惯得不像样子。剩下两个，都比她强。"

这般说着，愤愤地去拍大腿，拍疼了又要唉声叹气地让侍从帮他"顺毛"。仿佛这一场宴席，全被丫头那张破嘴给扰了，里子面子丢了个干净。

姚赤诚看得直摇头。

他早知林升迁就是这么一副骨肉，面上无甚惊讶，推杯换盏，敬了赵时言一杯。

"我们的这位大人，自来便是如此。望您不要怪罪。"

哟，连姚赤诚都见怪不怪了。

赵时言本人生得干瘪瘦小，朝椅子里一窝一委，便是一副猴子样。该问的问完了，便不肯花时间再动脑子了。细长眼眯成一条直线，他显了一些迷离的醉态。

然而虽是醉着，搭在膝盖上的手却是有一下没一下地打着拍子。

林升迁只道他困了，站起身来直愣愣地道："赵舅爷可是要回去了？下官这便派

车马来接。"

话还没说完，就听到姚赤诚不大不小地"哟"了一声。

心道，活是个不开窍的！哪有爷们儿吃完酒就回去的？官场应酬，最忌讳便是不懂识人眼色。这再往后，便该来些莺莺燕燕才是了。

林升迁不懂这些排面上的东西，好在身边的侍从是懂事的。就见他赔笑上前，作了个揖："不忙不忙，赵舅爷且再坐坐。小的们下午便将台子搭好了，为的便是伺候好您。"

如此说完，拍了两下手，立时有乐师、舞娘鱼贯而入。

雅室内陡然染上了新鲜颜色，拉弦弹奏的师傅摆开架势，琴弦勾出三声平扬长调，靡靡之音，盈盈娇软，便自看台上转开了圈。

舞娘身姿娇媚，身形笼在轻纱薄裙中曼舞，不经意间，露了春光。不经意间，又掩了春光。赵时言俨然是极喜欢这份安排的，嘴巴一咧，在干瘪瘦削的脸上现出几道深刻的笑纹。本人也不过二十岁出头，就是生来一张着急又尖刻的脸。

"果然是大户出来的侍从，懂眼色，知情趣！哈哈哈。"

轻舞靡乐，最是长夜漫漫解寂寥。为首一名舞娘，白皙娇嫩，正是赵时言最爱的一类。遥一招手，他拉了她入怀，口中心肝肠肉地欢喜，都肯明目张胆地叫出来，是又换了一副面貌了。姚赤诚也随手拉了一个，享乐舒爽之态跃然脸上。

席面上唯有林大人面上挂霜。

他不喜这些艳丽颜色，污了他清淡的宴席，坐立不安，拧眉皱脸。

他说："为官者……不该流连风月，古人有云，清官不进歌舞坊，廉洁……"

赵时言似笑非笑地扫了他一眼："古人的话你便说给古人听吧。要不你先回去，我们还有得玩儿。"

说完以后跟姚赤诚对视一眼，都露出一抹不怀好意的怪笑。他们嘲笑林升迁不懂享乐，是愚昧古板的公子哥儿。

林升迁正也不想多留，双手拱起行了一道官礼，便脚不停歇地离开了。

他真的看不惯他们那副嘴脸。

林升迁不知，在他走后，赵时言便"清醒"了。怀中美人虽然娇媚，他却尚有一件正事儿要跟姚赤诚谈。

挥手让人撤了干净，他问老姚："来头都摸清楚了吗？一直是这个样？"

姚赤诚自诩是林升迁的另一个父亲，自来很维护这个不谙世事的孩儿，回说：

"摸清楚了，来了就是这样。之前还想做出一点儿大事业，跑去官道剿过匪。这事儿怕是也早传到您的耳朵里了。挺是没脸。在那以后，便不怎么折腾了，终日守在衙门里唉声叹气，全无用武之地一般。"

"嗯。"

赵时言含笑拉了一个长音，他的目的在另一桩事上。

"那便教教他如何在这地方混吃等死。你是老油条了，该教的，该学的，也该上一上心。这次的赈灾粮，还是老规矩。"

麸子皮混杂面。剩下的三个人瓜分。

这份规矩，过去李培玉在的时候，就是这么一个分法。如今李培玉换作林升迁，又能再少分一些。

赵时言没正经营生，所有来源，就是在姐夫给的"活儿"里抠银子。当初跟李培玉分账，是姚一、李四，他占五成。

李培玉那时是葛蔺晨面前的红人，他忌惮着他胡沁，这才肯以四成封口。

到了林升迁这里，他就不想给这么多了。

大兴县的夜，总是安静得很早。显贵们的长街，只有兔子尾巴那么短小的一截。灯火通明之地，无非一座舞坊，几家酒肆。老板伙计长年累月专心应付几位客人，富的人不多，褴褛的人遍地。

偶尔遇到几名拦路抢了包子饺子、剩饭汤菜的，也不做深究。

月下檐上有猫儿经过，笔直走出一条直线。砖瓦被踏开一块儿，猫惊了，顺着原路逃奔而去。两道黑影顺着猫儿离去的方向看了看。

矮小的一个歪了头："你吓它做甚？"

笔挺的那个答："我只是想喂它，没想到瓦片会掉下来。"

陈、乔二人身着夜行衣，跃进了赵时言下榻的客栈。楼上楼下的隔音并不算好，偶尔可以听到几名醉酒的客人，拉着老板娘胡搅蛮缠。

"今日的酒怎的喝不醉？月娘不会是看我们几个好糊弄，便兑了水吧？"

"就是，爷们儿几个常来，还被当冤大头。今儿若是不哄好了爷，一个铜子儿都别想拿走。"

月娘晓得这些人是在故意找碴，面上赔着笑，嘴里含着蜜，拉了一众伙计同他们纠缠。她自是不敢得罪这些人的，只能在心里含刀痛骂。

二楼客房整个被赵舅爷包下了，他没回来，便不需要人守着。单是留了廊上一盏孤灯。灯色因为包裹在外的青竹描画，泛出一种昏黄青绿的诡异色泽。不及月亮的明透，不如白皮灯静澈，寻常人若行于此间，昏沉暗浊，怕是要瞎的。但是对于视力素来很好的两位大人来说，已经足够了。

乔灵均最先翻看的是赵时言的行李。一口皮箱里只装了一只包裹，用的是黎城县的棉纱布料，赭色的底，配一堆绿汪汪的铜钱。针脚挺密实，工活很讲究，里面的东西嘛，就没什么价值了。

"还没外面的布值钱。"

九爷脚下无声，在暗光中提了一张纸，并几只没有写名字的瓶瓶罐罐走到陈怀瑾身边。

"他这次应该是想空手套白狼，包袱里私用银票一个子儿都没带。葛蔺晨拨下来的赈灾银，被他存在适逢钱庄了，这里有存票。包袱外还摆着几罐丸药。我不懂药理，你闻闻是做什么用的。"

陈爵爷正在床边柜子一带摩挲，闻言嗅了两下。

"不是什么有用的东西。"

"没用吗？那他带着药做什么？"

小爵爷笑了一下："反正是男人吃的药。来，你帮我把这个搬开。"

九爷放下药瓶，顺着他的手指看到三只装饰用的景泰蓝瓷器。长颈花瓶在正中，左右两边各置两只陶瓮，形状一圆一方。瓮内没有置物，因床柜旁边便是一架书格，倒是并不觉突兀。但是以赵时言的品位，会用陶瓮吗？

乔灵均按照陈怀瑾所指，搬开了方形那只。

没搬动。

她蹲下身来察看底座，发现竟是与地砖相连。思量了一会儿，她按照左撇子的习惯，向左旋转了两圈。

陈怀瑾侧耳静听。

"右侧再转三圈。"

灵均依言行事。

床下隐有旋转之声。

"再向左转。"

这次已能听清机关之间的磕打。

"好，停。"

乔灵均不知道陈怀瑾是如何判断出机关转数的，方正陶瓮停下，他伸手于床下一拉，便扯出一只暗格。格内挂着一把铜锁，很是牢靠，锁头坚硬，竟是用的陈年老铁。

放得如此隐蔽背人，一定有重要的东西在里面。

"钥匙应该在他身上。"

陈怀瑾端详了一下锁头，又放下了。

他们不能破坏"现场"。赵时言看似无用，实则是一个很谨慎的人，若是发现暗格被动，定然会疑心。

"要不要往返酒肆一趟？"

"不用。"

九爷已经蹲下来了，自头上拔下一支簪子。簪头细长锋利，不像她过往所戴配饰。锁孔与长簪纠缠出几声碎响。

"咦？这里面还有一只匣子。"

锁头应声而开，她若无其事地将"簪子"插回头上。没听见身后有回应，不觉看了一眼，失笑道："这么看着我做什么？我们过往去探敌人老巢，会顺手翻翻有没有布阵图一类。他们也喜欢用匣子挂锁，我便学了点儿小手艺。"

他拧着眉头看了她一会儿，摇头说："没什么，就是觉得你刚才很像一名惯犯。"

这要是以后想藏"私房钱"，怕是没机会了吧？

赵时言的匣子里只有一本手账，账簿看起来有些年头了。封面上的蓝皮和内里的纸卷上都有了很重的磨痕。账本是去年的，较为"新鲜"的几笔账都在里面。

就着昏暗的廊光，陈怀瑾反复查验了一遍内容，对乔灵均道："这是近些年来，大兴县内一些银钱往来记录。但奇怪的是，内容全部是关于李培玉的。"

"李培玉？"

乔灵均接过账本翻了翻。

可是赵时言手里，为什么会有李培玉的账本呢？难道是他想以此要挟李培玉？可是李培玉不是已经离开了吗？而且他们明显是一条绳子上的蚂蚱，他便是想赚闲钱，也不该将主意打到"同伙"身上啊！

官场上的这些小六九，如弯弯绕绕的肠子一般，不能长驱直入地思考，得转着弯

地……

"有没有可能，这本账本就是出自赵时言之手？"

自己写的账，自己随身携带，也有这个可能。

灵均说完，本想坐到桌子上，被陈怀瑾看出意图，拉回到椅子上。

"好生坐着。"

她个子矮小，每逢站在人前都喜欢踮脚，或是找块高大的石头站上去。近段时间接触的几个都比她高，便又养成了说话聊天必要坐到桌子上的习惯。

陈怀瑾说："你莫要因着艳红和马聊聊比你高便觉伤怀，也许她们也在鞋里偷塞鞋垫。"

九爷摇头，说："没有，我看过她们的鞋底，很薄。且我并非因着她们比我高而伤怀，只是嫉妒年纪。"

她们才十五岁，就比她高出半头了。

陈小爵爷因此认为她伤怀得很有道理，便也没再安慰，摊开账本，指着上面几个痕迹明显的字继续分析道："这人是个左撇子。左手写字，虽则笔画顺序跟右手相同，但下笔力道会有差异。你看这一撇的墨迹，便是自左而右落下的。还有这个，这个。"

若是单纯写几行字，是不会轻易露出破绽的。巧就巧在，这本账簿常用常记，习惯再好的人，写到后面都难免舞出龙凤。

"你再看他后面几行，字体又不同了。"

乔灵均仔细端详，果然发现账簿最后的几页，从行书换成了柳体，柳体是庆芳习字的习惯。这人不擅柳体，却练了柳体，甚而到后来，越写越像。

"所以，赵时言很有可能就是仿笔？"

这个线索让她瞬间福至心灵。

"廖大人之前说过，运送假银之人是个中等身材的跛脚，二十岁出头，左撇子。赵时言正好是跛脚，左撇子。所以运送假银之人和仿笔，其实是同一个人？"

"未见得。"

陈怀瑾神色凝重地抖开灵均刚刚拿给他看的，钱庄开具的凭证。

这种凭证，都是当场开出，双方签字为定的。赵时言的字就算常有变化，也不可能如此仔细。人的下意识行为，便是他的习惯。

"他是右手。"

而且赵时言没读过几年书，大字不识几个，又怎么会记账呢？

这个答案显然让两人再度陷入沉思，但是案情也并非没有进展。

陈怀瑾说："初步判断，运送假银之人，应该就是赵时言。因为他的形貌同庆芳所诉最为接近。葛蔺晨生性多疑，不会轻易假手他人。从将收放赈灾粮款一事交于赵时言便能看出，他还是信任他的。至于仿笔……一定另有其人。"

灵均认为陈怀瑾所言在理。

可是。

"庆芳说运送假银之人是左撇子，赵时言却是右手。"

"也许为了掩饰，也许只是习惯。"

左撇子的人，并非全都用左手。有的人习惯左手做事，右手写字。有的人左手写字，吃饭的时候却用右手。

案情至此，隐约可见一点儿燎原之火，可惜源头仍然隐在杂草丛生之地。若运送假银之人与仿笔不是同一个人，那赵时言留下这本账册的意义又是什么呢？写下这本账簿的人，跟赵时言和李培玉之间又有着什么样的牵绊呢？

楼下的喧闹声越渐变小，是醉鬼们终于一哄而散了。老板娘月娘一面摇头痛骂，一面吩咐伙计，去赵舅爷房里看看，有没有留茶。那位爷每次来大兴，都喝得烂醉如泥，半夜醒了叫茶，去晚了就要挨窝心脚。

伙计应声拎了茶壶上楼。布鞋底子轻软，上下楼的动静便更加微小。

"我有一个猜测。"乔灵均说，"葛蔺晨既是多疑的性子，一定较常人更加谨敏。私自克扣赈灾粮款是大罪，交由一个或两个人单独完成风险太大。因为一旦其中有人败露，就会被顺藤摸瓜，找到他的所有罪证。所以，有没有可能，他将此事拆分出去了？负责运送假银之人是他的小舅子赵时言，仿笔是李培玉身边的某个人在负责，栽赃嫁祸一事则交给乔培林，甚至还有更多。这些人不知彼此负责哪个部分，便不会在出事之后咬出更多证据。"

"葛蔺晨一定严令要求过他们各司其职，不能将负责的部分让其他人知道。而赵时言，很有可能是无意中捡到了这本账簿，猜到了是李培玉身边的人在负责做假。于是以此为要挟，想要李培玉给他一笔封口费。只是他没有想到，李培玉先给自己筹谋了后路，匆匆离开大兴县。"

一番分析过后，灵均仍觉头痛。

"那账本又是谁给他的呢？如此机密之物，除了仿笔本人，便只有李培玉知道

了……"

廊上纸面灯笼的光晕将人影拉得很长，伙计已至房前，抬眼一望，他似在赵舅爷窗棂上见了两道人影。看形状，是一左一右在桌前小坐，心中一骇。

莫不是带了女人回来了？

脚下连忙冲了几步，生怕这位爷说他们怠慢。

廊下的灯却忽然被风吹灭了，楼下又在这时传来赵舅爷的呼喝。

"人呢？扶我上去！穷乡僻壤，连个守夜的伙计都没有。"

伙计吓得一激灵。赵舅爷在楼下？那屋里的？

他赶忙去点亮廊灯。月娘已经去接赵舅爷了，他浑身抖成一团，提着钥匙去开房门。门是从外面锁着的，除了他和赵舅爷，不会再有第二把！

房门猛地被推开。

一切安静如初，连床上被褥都不曾被动过。

"难道是我眼花了？可是我分明看见……"

"月娘，也就是你开的。不然，我拆了这间客栈！没点儿规矩……"

赵时言上楼了，伙计不敢再多留，放下茶水立在门前，果然挨了赵大爷不轻不重的一脚。

"月娘我舍不得踹，你我还是不惯着的。"

伙计摔了个趔趄，也不敢起来，就势磕头。

"舅爷恕罪，舅爷恕罪。"

赵舅爷喝得醉眼迷离，一身的脂粉酒气，挑了半边眼皮，他问他："我不在期间，有没有其他人进去过？"

伙计汗毛倒竖，不敢再触眉头，一迭声道："没有，小的方才见您回来了，才匆匆上来开的门。桌上的茶还是热的，怕您口渴。"

"嗯。倒是个省事的东西。"

赵舅爷心里舒坦了，便将人统一赶了出去。关上房门以后，他确定门外脚步渐远，才晃晃悠悠走到床边。眼中三分醉意，七分清醒。

包袱是在左边第二个柜子的桌上的，扯开来，翻了翻。

上下衣物顺序是对的。

再溜达回床下，伸手一捞，拉出暗格，开匣。

一卷账簿被他攥进手里。

他识字不多，盯着上面蚂蚁般密密麻麻的小字发了一会儿呆，覆手于上，他摸得很是缠绵。

"真恶心。这个赵时言长得像一只毁了容的猴。"

房上两位大人从伙计上楼时便听到了脚步声，迅速还原之后，便顺着窗户回到了檐上。

九爷蹲在砖瓦上撇嘴，爵爷看着她轻笑。

"走了，回吧。"

月下人影踏叶而去，沉沉夜色，如两滴清泉，落入江河，无声无息。

第六章

明修账簿，
暗度陈仓

赵时言来找林升迁的时候，陈爵爷正在房间里，将乔小九手心里的花生豆一颗一颗抠出来扔掉。

她最近于嘴角处冒了颗痘，食欲常有不振，明显是吃多了炒货，上火了。

他不让她多吃，她不肯听劝，被扔掉以后，仍将手伸到一边的点心盘子里，抓了一把瓜子。

他拿眼睨她，她就放回去几颗。再睨，再放。

剩下四五颗的样子，对他摊手："就这几粒，不碍事的。"

九爷生来一副孩子相，正经装乖或不正经时，都难逃稚气。近些时日发现陈小爵爷挺吃这一套，便逐渐练就了一点儿讨巧的本领。

"这模样也没用。你嘴上的疤不疼了？净吃这些上火的东西。放下。"

可惜今天真不开面，不光怼了她回来，还将手里的几颗拿过去，自己嗑开了。

到人嘴里的自然不能再抢，九爷支着腿向椅子上一坐一靠，又变作粗粗糙糙的老爷们儿姿态。皱着眉头一歪脑袋，她说："你没发现我长个儿了吗？可见这些东西还是有用的。"

爵爷一掀眼皮："这话是林升迁那兔崽子告诉你的？他前两天为了让艳红不再骂他，硬说她的脸不那么黄了。"

那个鬼的话也能信？

那就是个欺软怕硬的东西，怕谁便顺着谁的话说。脑子虽然是空的，却长了张审时度势的好嘴。

"而且你忘了你换新鞋垫了？"

陈怀瑾说完，不忘用眼一瞥某人的鞋底。

她过去垫的那双旧鞋垫，就有旁人的三四层高。踩的时间长了，自然会踏扁。前两日她让艳红给她做了副新的，又多垫了两层，不高才奇怪。

乔九爷对陈爵爷的爱，很多时候都会在这个问题上消磨殆尽。舌头抵在腮帮子上，鼓出一个半圆形的包，她翻了一个不大不小的白眼。她认定自己是长高了，他否定这种说法，是"大逆不道"的。

于是不再看他。

手指头在点心盘子里绕了几步，刚抓到一颗半颗，便被他再次按住了。手腕一转，他拉了她的手握在手心里。她要挣开，他不松手。

随手翻开一页书卷，他说："别闹。"

耳根子忽而酥了一下，原来声音也会撩人。

赵时言是直接进到客间的。

林升迁的宅子不大，一径穿堂而入，便得见一面饰着腊月寒梅的屏风。屏后左侧一面木阁，垒着一堆密密麻麻的藏书。右面是待客用的客桌，木质旧烂，被他用一块长布遮盖了，依然能看到磕碰过的痕迹。

赵时言老神在在地往桌前一坐，未语先笑：“小林啊，你也真能忍得下这份苦。你们家老大人没给你揣点儿体己的银子吗？来了就住这么破的地方。”

小林大人自来认为赵时言丑破天际，心和面都不如一坨狗屎。可他为了权宜之计，依然要对狗屎微笑。

“赵舅爷见笑了，家父让升迁来此，本也不为享福。这会子能住一处一进院子，已属难得，再不多求的。”

如是说完，连扬声唤：“艳染，上壶茶来。用我从泉州带的茶叶。”

这盒茶叶是他来时父亲提前备好的，初时还不知做何用。这会子赵时言来了才知道，原是应付他的。

“哟，泉州茶？那可得好好尝尝。不过，真不是我说你。李培玉同你一样做过这大兴县令，却比你在时，悠闲富贵得多。”

林升迁心知，这句话才是赵时言今日来的目的。因此并不打断，由着他顺着这句开场白，将意思说明白。

跟姚赤诚之前的“生意经”一套理论，赵时言此番过来，是为了瓜分赈灾粮款的。他说，麸子皮和杂面，满打满算，也仅用到粮款十分之一不到。剩余的银子，他拿八成，姚赤诚和林升迁各得一成。而这一成银子，已足够林升迁搬处像样的三进三出的宅子了。

说完，赵舅爷又自哀叹：“你也莫要说我吃得狠，这是担风险的买卖，我姐夫素来不知这些勾当。我得上下打点，出了问题，找的也是我。所以我拿的八成，是担惊受怕的八成。”

赵时言讲起难处来，很有一些滔滔不绝的理论。所忧所思，无非是自己如何不容易。他需要林升迁可以理解，并且在这份理解中坚信他没有占他的便宜。

可惜小林大人的所忧所思全不在这里。

埋头刮了两下茶碗，他一脸肃穆地问赵时言：“麸子皮和杂面，那是人吃的东西吗？百姓饥荒多年，既然上头拨下了赈灾粮款，为什么不买粮？为什么要贪？"

一连串的四个问题，配合他执拗无比的神色，反倒让赵舅爷笑出了声。

早在过来之前，他便听姚赤诚说过，这位小林大人是个纯金足两的二百五。现今看来，果然不错。

咧开大嘴嘿嘿一笑，他拍了拍林升迁的肩膀。

"这林大人便有所不知了吧？粮食在川蜀一带，是金贵物食，旁的地方买粮，只需三两银子便可得一担。但在川蜀，由于常年天灾地旱，粮食总价已翻到寻常县城的十倍。我们的赈灾银子，全部买粮，只够分发大兴县这一处，供吃月余。若换成麸子皮和杂面，则可供大兴天井两处城池一年供给。"

赵时言说完，敲了两下桌面。

"老百姓有的吃便能立命，哪还有心思管好不好入口？你是打官道一径过来的，也见了他们饿成什么样了。圈地成匪，抢了，夺了，官府这边睁一只眼闭一只眼，便算是给他们多留了一条活路。前些时日你不是还在各地驿馆通了气儿，让商贾们自备粮食上山吗？也算仁至义尽了不是？"

林升迁听后略显错愕。

"我并非要助长他们的抢夺之风，主意也不是我出的，我本是要剿的。"

赵时言见林升迁那副怯懦的样子，又是一乐。

"我知道是姚赤诚的主意。所以你看，现在还有人帮我们送粮，这次的麸子皮和杂面还能再少买一些。"

如此，林升迁算是彻底明白了。

当初剿匪一事，姚赤诚之所以就坡下驴，帮他往返驿馆传信，完全是因为很早便知赵时言会来大兴。商贾的粮食不用自掏腰包，劫走以后，反而为他们省下了一部分支出。

便是陈爵爷，也是算准了姚赵两人有此一算，才让他放心剿匪，不必忧心后续之事的。

小林大人初入官场，便一连学了许多学问，脑子消化不过来，面上便现出了傻相。他一方面敬服陈怀瑾心思之缜密，一方面恨贪官之油滑。

"老姚真不是个东西！"

然而，仍旧难平心中愤慨，砸了一只茶碗。

满脸的孩子气。

赵舅爷悠闲地哼出一段小调儿。跟姚赤诚一样，他并不反感这样的林升迁。越木讷的人越好摆布，比精明狡猾的老狐狸招人喜欢多了。

赵时言在喜欢林升迁的同时，又顺带想起了李培玉。吊儿郎当地点了一袋子烟，他吞吐出一片烟雾，状似无意地问："老李走的时候，没给你留下什么人，或是什么物件吗？都交接了哪些东西？"

小林大人仍旧沉浸在他们怎么这么坏的愤懑中，看向赵时言的表情就露了几分嫌弃。

他嫌弃地告诉他："只给了我一本账册，一队衙役。账册你要看吗？我放在屋里了。"

李培玉的"明账"就是个摆设，赵时言怎会有闲情逸致看那劳什子？看也看不懂，没几个字儿是自己认得的。

他单是问人："就给了些衙役？我记得他身边有个书生倒是得用得很，你见过没有？"

升迁说："没见过。就是这些衙役，在官道上迎了我两里路，土匪来了，还跑了个干净。"

赵时言若有所思地点了点头，又问："那他之前有个相好，唤作艳红的，你见过吗？"

"艳红？"

小林大人莫名其妙地看向赵时言。

"他的相好，为什么我会认得？"

赵时言便不言语了。嘴上的烟袋锅子冒了两个泡，他认真而惆怅地连抽了两大口。本想在林升迁这用饭的主意，也跟着打消了。

沉默许久，他一拍鞋面。

"那这事儿便这么定了吧，过两天我着人去买麸皮杂面。你歇着吧。"

说完便大踏步离开了。

赵时言的脚是跛的，素来行路都是一瘸一拐地挪蹭。今日加快了步伐，跨过门槛时行了个趔趄，都没放在心上。

他是有些急躁了。

赵舅爷连午饭都没吃，便赶去常善巷子一户民宅里转了两圈。那处地方，住着一

赵时言以为，只要拿着账册，便能要挟李培玉。没有想到，李培玉直接将陆离给杀了。便算将账册拿到他面前，制造账册的人已死，账册一经焚毁，便是死无对证，李培玉受不到什么责罚，反倒是背地挑事的赵时言，会惹来葛蔺晨的不满。

"所以赵舅爷在得知陆离不见以后，才如此气急败坏。他去萧庭舞坊找艳红，也是为了打探陆离的消息。不承想，二人皆已不在。到手的银子没了，到嘴的鸭子飞了。这心口，确是要疼上几日了。"

九爷如此说着，也跟着有些肉疼。

"可惜仿笔之死，对于我们而言也不是好消息。李培玉这招卸磨杀驴，等于生生截断了我们的一条重要线索。再说那陆离，本也不是无脑之人，既然晓得李培玉心狠手辣，何不在交出账本的同时，求得赵时言的庇佑呢？"

陈怀瑾顺手摘下灵均唇上那片树叶，迎着光亮照看丝丝缕缕的脉络。

"这便要怪他太'有脑'了。一方面，妄图狠捞一笔。一方面，又不想让赵时言知道李培玉想弃掉他这颗棋子。因为以赵时言的为人，若是提前知晓他失去了这座靠山，必然会将封口费尽数侵吞。端看他在李培玉走后，只肯给林升迁分得一成利润便能看得出来。"

乔灵均摇头冷笑。

"可叹陆离机关算尽，大概至死方知，是死在自己手上的。李培玉定然是察觉出了账本被盗，才改弃为毁，将他灭了干净的。若他不贪这一笔财，或许，还能有条活路。"

所谓因果循环，报应不爽。因因果果，早在算计之初，便注定了结局。只是很多人眼盲心盲，总参不透其中奥义。

官场上的这些钩心斗角，暗伏内乱，总让人不自觉疲累。灵均叹了口气，继续说道：

"李培玉的这本账册，只写了一半。上卷虽然在我们手中，却只记录了大兴一带的小买小卖。这是他的私账。"

这些私账足以让他倒台，却不足以拉出他背后的那条大鱼，便算事发，葛蔺晨也顶多担上一个管理下属不周的罪名。

陈怀瑾抬手，摸了两下乔灵均的小脑瓜。

"不急。"

他们还有艳红这一条线。

梅艳红曾在李培玉身边经手过很多账目，但凡她不是个痴人，必定留有后手。还有杳无音信的陆离，如此谨小慎微之人，真的会这般轻易被杀死吗？

"贪婪的人，总是比寻常人更害怕命不够长。"

午后斜阳晒得有些烈了，陈爵爷经不得日晒雨淋的娇贵毛病，便也跟着浮了出来。他犯了困，也犯了懒，单手支头，他大言不惭地对乔小九说："我到该用药的时辰了。但是身心俱疲，你背我回去吧。"

九爷拿眼看了他一会儿，分不清是真病假病。他脸色长久苍白，素来一副恹色。困眉耷眼时，拢袍卷袖，就很像一个病人。

埋头在小荷包里找了一会儿，她摸出一颗黑乎乎的小药丸。

"有现成的，你吃一颗吗？"

这颗药丸，是昨日在赵时言的药瓶子里倒出来的。他说是专给男人吃的药。她就顺手揣了几颗。

他似笑非笑地拿在手里端详，笑问："你知道这药是做什么的吗？"

灵均不解，放在鼻间嗅了嗅，觉得呛人，退离了几寸。

"不知道。这些瓶瓶罐罐、花花草草的东西，都是你更在行些。你昨儿不是说男子可食吗？这药不对你的症？"

药丸又回到了她手里。

"这是补药，里面有鹿茸、石斛、麝香、蛇床子和益智仁，外界名曰五子正阳丸。我虽身子骨孱弱，却并不需这些东西……夫人大可安心。"

五子，正阳……

她听明白了，迅速扔到树下。

他惫懒一笑，如风拂柳叶，纨绔轻浮，笑得特别不正经。

第七章

往事如尘

艳红傍晚去了一趟萧庭舞坊。

安排赵时言那夜的歌舞，便是萧庭舞坊派人置办的。她在那时便认出了领舞之人是她的小姐妹袖扬。

很显然，在她“死掉”以后，袖扬接下了她的“衣钵”。

那身红纱舞裙便是自己“生前”之物，她穿了它，接替了她。继续辗转在各位大人身前，委身于富贵强权之下。

袖扬脸上的笑容，她再熟悉不过。

那是曾经的自己。

艳红也不知来舞坊为了什么，大约只是想远远地看她一眼。若她过得不好，若她仍如过去一样，躲在房间里暗自垂泪。

那她……

她不知道，脑子糊里糊涂的。也许会一时冲动，求公子和九爷，救她出这个牢笼。也许……什么都没办法做。她深知，自己现下也是无法明哲保身的状态。

傍晚时分，是楼中丫鬟婆子出门置办新鲜果品的时间。

门后会开出一扇小门，没什么人刻意看守。艳红在楼里待了七八年，早已对此了如指掌。

她今日刻意装扮了一下，一身粗布麻衣，发髻也梳成了妇人模样。趁着人来人往的空当，埋头低首地进了楼。

楼前招牌，已然换成了袖扬。

艳红照此估算，她现今住的，也应该是自己的房间，于是便顺着二楼长廊行到了三楼。

她的屋子是套间，外面隔着一间耳房。李培玉当年宠她，出入便有不下六名丫鬟伺候。这会子丫鬟都沏茶备水地等待“开张”，她便顺势溜进里间，佯装整理床铺。

袖扬是比她后一步进来的，招摇一身红纱曳地，拖曳在脚下，形成一片迤逦的花团。莹润了，也娇贵了。

她没敢抬头见她，只是弯身行了一礼，粗声唤了声：“姑娘。”

内心之怯怯，只有自己知道，又欣喜，又怯怯。九死一生之人，得见故人，她揣了满肚子的话想诉。

可惜袖扬姑娘只当她是个使唤婆子，恹恹一抬手，示意继续收拾了。

梅艳红坐镇萧庭舞坊时，袖扬是不配有丫鬟的。现今身后跟着的，乃是多年前伺候艳红的玉儿。

玉儿模样生得很是笨拙，傻傻呆呆一个半大丫头。虽则不够伶俐，却是个实在可爱的孩子。

隔着一扇帘子，艳红听到玉儿问："姑娘夜里还穿这身儿红裙吗？红姐姐之前还有好些套漂亮衣服，要不要奴婢找出来，您穿上试试？"

玉儿心思单纯，知道袖扬素来与艳红交好，因此自分来伺候以后，便从不忌讳在她跟前提及艳红。

她是真心拿艳红当主的，因她从未苛待过她半分，甚而常将一些零食果品、散碎银子留给她做体己。

她也不知艳红"已死"，只当真如楼里人所说，是带着李大人的银子回老家去了。

及至后来跟了袖扬，便将袖扬当作另一个红姐姐，左右二人是好姐妹，她伺候完姐姐，再伺候妹妹，也不算生分。

玉儿不知，袖扬现今最不爱听的，便是"艳红"二字。不是因为"念"，而是因为"妒"。

檀木柜子拉开半扇，玉儿抱了几身衣服铺到桌上。料子和款式，都精细出挑得紧。

红蔻长甲在上面逐一抚了一遍，袖扬忽而抬头问她："这些衣服，是穿在我身上好看，还是穿在红姐姐身上好看？"

玉儿不知她为何有此一问，疑惑道："两位姐姐皆是国色天香，哪一位穿了，都是九天神女一样的人物。不过，您着红色确实不如红姐姐艳丽，她脸面生得更白净一些。"

"是吗？"

袖扬挑了件香色长裙，在铜镜前比了比："我这面貌，自然是不如她的。初进舞坊时，也是她照拂我才得庇护。"

镜面上，佳人笑意盈盈，身姿曼妙卓绝，手臂张开。

玉儿本以为她要让她整理袖口，刚将头低下，便被捏住了下巴。

"所以，你还念着旧主吗？"

袖扬本人生得一副哀相，眉目清冷柔顺，音色细软，并不容易看出喜怒。玉儿年纪尚轻，不知识人眼色，据实答道："念着的。红姐姐自来对玉儿好，她不在楼里了，也还分外想念。"

"是吗？"

袖扬勾唇，眼中没有半分笑意。

"那可真是好，人都死了还被人惦记着，也该能含笑九泉了。"

她近些时日过得十分不顺心，老板说众人爱那一身红裙，她便要穿，爱那一副小嗓，便要去装。

红裳小嗓，所有人都将她当作另一个艳红。

"那么我便该当她的影子吗？她死了，我仍要穿着她的遗物，在人前赔笑。甚至着红，还是不及她。她怎的就那样好呢？"

玉儿素来只闻红姐姐是回乡过好日子去了，从未有人在她跟前说过她死了。听到袖扬这般"诋毁"艳红，浑身都是一颤。

她说："这可是胡说的，红姐姐何时死过？您现下穿的衣服，又何时成了遗物？"

而且楼里老板安排袖扬穿艳红的衣服，也全因她留下的几身皆金贵无比，旁的姑娘便是想穿，也没那份脸面。

袖扬抬手抓了玉儿一缕长发在手中把玩，面上仍是温柔端静之态，她说："你不知道，便当作不知吧。毕竟这种地方，知道得越多，死掉得越快。你那位红姐姐，便是因太过机灵才丧了命的。至于你，来我这儿伺候，便好生伺候，若再成日顾念旧主，我便让人扔了你，到深山老林里——喂狗。"

最后两个字，袖扬说得轻描淡写，手上却暗暗使力，硬生生将玉儿的长发扯掉一缕，头皮处很快见了血，她是要她长些教训。却不想，玉儿乃是一名耿直无畏的丫头，脑子里只长了一根筋。不顾疼痛，高声辩驳道："什么时候就死了？奴婢不知您为何无端咒骂红姐姐，您二人自幼一块长大，好得如亲姐妹一般，便是旁人欺负了您，也是姐姐为您出头。人对人好难道不记恩德的吗？这会子怎么在她走后如此说她？"

"恩德？"

袖扬仿佛听到了什么笑话，一把将玉儿提到跟前。

"什么恩德？我们二人同进舞坊，分明我样貌不逊于她，偏她事事都抢在头里。花魁是她的，宠爱是她的，金钗银饰还是她的。我呢？只能屈居人下，露脸露面的好处，可曾分给过我半分？今日我便对你说句实话吧，这楼里，最希望她死的人就是我！"

她不介意在一个丫鬟面前露出扭曲的嘴脸。

她最近笑得太多了，脸上的弧度和眼底的柔顺，都装得太久了。她急于需要一个人或一桩事，让情绪彻底发泄出来。

她觉得她是有理由怨恨艳红的。

而由自发泄的袖扬并没有发现，那位她最希望死掉的姐姐，就站在她的床铺前，静默而立。

半个时辰以前，她还在心心念念这位姐妹；半个时辰以前，她还在犹豫，若她过得不好，她要以怎样的方式，救她出这泥泽。

如今看来，不必了。

她盼着她死，她死了，花魁的封号和大人们的宠爱便都是她的了。她恨她夺走了她的风头，殊不知，她那时出头，只是想为她挡去这一身风尘。既非要有一个人于风月之地辗转承欢，何必搭上两个？

梅艳红站在床铺边上，帐帘低垂，由内到外，只能看到袖扬一抹模糊的剪影。那是一个水一样的姑娘，有着可怜又柔软的哀态。

这副哀态，她从小见到大。

正因为见了，便自以为是地充当起了救世主。

"红姐姐，您别看，撩尘也不是故意用热茶泼我的。"

"红姐姐，您这身红纱锦缎真真漂亮。我不要的，就是觉得极美，摸上两下便觉意足了。"

"红姐姐，爷们儿都怕悍妇，等下李大人来了，您可万不能示弱。给银子什么的，都是打发粉头的，您跟他好了这么久，连个妾侍的位置都争不下，不是让人笑话？"

往事如前尘事，只言片语汇成一串连画，竟是时至今日才悟了。

袖扬根本没有那么软弱，她只是在用软弱的方式，哄骗她为她出头，四面树敌。

她在楼里是没有朋友的，所有女人都知她专横跋扈。

她只跟袖扬交好。

袖扬也没有那么无脑，她怂恿她在李培玉面前撒泼，无非是算准了，这样做的后

果是绝无好活。

袖扬，袖扬……

艳红的心犹如针刺，又在这时，听到玉儿的高声顶撞："各人命靠各人挣，红姐姐就是比你好十倍百倍，你这样咒她，就是不对！"

艳红暗叫一声不好，省得此时不能让玉儿再激怒岫扬，赶紧走出去拦阻在二人之间。一面垂首，一面压低音色道：

"姑娘可千万别动气，丫头年纪小不懂事，您打骂她容易，伤了自个儿的身子多划不来。"

不想玉儿竟然起了莽撞脾气，干脆如孩子一般闹嚷起来："你就是坏，你就是没有红姐姐好！"

她论的是个理。

袖扬哪会跟她论理？本想撒出去的气，反而遭了一通挤对回来，摘下头上发钗，对着玉儿的手就戳出了一个血窟窿。

艳红拦都拦不住。

"你又算是哪门子东西？你主子在时，你便是这副没心没肝的混账样子。这会儿到了我这儿，还想留着过去的气焰，反上天了不成？"

玉儿在丫鬟里，虽是得脸的使唤丫头，实际年纪却只有九岁。袖扬用钗子戳她，她也不惧，扯着嗓子，愣是一副油盐不进的倔样儿。

"你戳死我吧！戳死了，你也不及红姐姐的半分好！"

袖扬哪肯受这等窝囊气，对着脸就要给上一记巴掌。袖扬的指甲尖锐，呼在脸上，不说毁了容貌，也要留下几道深痕。艳红眼疾手快，一捞玉儿，护在身下。袖扬的手掌，便拍在了她的头上。

一时，发髻散了。

楼里的姑娘婆子们，也听了动静，循声而来。

玉儿亲娘梁妈妈进来一看，立时明白，必定是自己闺女惹了姑娘不痛快。只得好声好气地劝，好声好气地赔不是。

玉儿见不得老娘低三下四地求坏人，待要吵回去，便被艳红捂住了嘴："好歹将今日过去吧，你还想让你娘操多大的心？"

萧庭舞坊的肖老板也在这时踱了进来，眼睛四下一看，明了在心。

袖扬这段时间的变化，她一直看在眼里，知道她肚子里孕育着一团邪火。这股邪火无关于旁人，只在于艳红。

那是她心里的魔障，人不在了，仍要在曾经伺候过她的人面前争个高低。

袖子轻飘飘地一摆，她拍了拍袖扬的肩膀，也如众人一般劝说："姑娘若是不欢喜玉儿，打发到别的姑娘房里伺候就是了，何必动气？"

说话间手向后一摆，是让玉儿和她娘赶紧退出去。

艳红知道，老板是通透人。

如今捧着哄着，不过是因为袖扬是舞坊的财神爷。

玉儿这边，顶多就是明面上挨几顿骂。梁妈妈是楼里的老人，过后安排个心平气和的姑娘让她伺候，便是了。

各人各命，她没有想到，舞坊这一出闹剧，竟是比戏台中还要精彩。看透了一些人，想明白了一些事。

丫头是好的，她没白疼她。

可她疼她，也不过是将她当作一个小伴，未曾如袖扬那般，当作骨血姐们，掏心相待。

袖扬，真的让她疼。

艳红一路埋头出了舞坊，未敢再回头。

她的高楼是在这处起的，亦是在这处塌的。楼起楼落，葬于碎石瓦砾中的，还有她留在这里的最后一片真心。

"没了。"

艳红一路念叨着这两个字，幽魂一样走街串巷。她这次，是彻底当作过去的自己死透了，心不在焉地迈开步子，碰掉了谁家摊子上的果子，弄倒了谁家门前的帘子，全无所觉。

六月的蜀中，是夏日最毒辣的时节。

天燥人闷，白云飘在半空，是抱成一团的凝雾。艳阳自云间腾起，必然会灼伤了它。纯白边缘，勾勒出金黄亮红的痕迹，像仙者赶至瑶池赴会，一不小心，落了坐骑，独自驾云留守。

小林大人便是在这样的天气里，答应了姚赵二人的生意经的。

不答应也无法，因为二人已然打定了主意要贪，他不参与，不过是少分一份银子，落到二人手内罢了。

杂面麸皮已经尽数拎到衙门里了，几十口麻布袋子裹着一堆刮喉粗糙之物，统一倒进院内一口大缸里。

衙役们顶着热浪，一面打着赤膊混粮，一面在口中压抑出一长串咒骂。

被骂对象小林大人站在阴凉地下，没心思骂回去。

眼见着麸皮在光下腾起一片尘土，眼看着杂面中混着至少三分之一的泥沙，闷闷地想：这些东西，怎么能让人吃呢？这些东西，怎么忍心让人吃呢？

事实证明，没有什么是生了贪婪之心的人做不出来的。

一时得当，衙役们浑噩麻木地将粮缸抬出，老百姓们便也跟着浑噩麻木地排成一纵列。

遥望过去，两者之间的区别是不大的。统一都如行尸一般，舀起，装走。

麻布袋子里沉甸甸地一鼓，并不能成为他们喜悦的理由，却也没什么不高兴的。反正自来都是如此。

整个过程都没有什么意外发生。只是因为这次的沙土比平日更多一些，听了几句抱怨。

"早跟你说过了，他也是个狗官。刚来的时候，还装模作样地补鸣冤鼓。"

"不然你以为会是什么好东西？这蜀中的官，吹出大天来，还不是一个模子一个版？"

小林大人诚然是不想做狗官的，却无奈在众人面前坐实了这个称谓。

他无从辩解自己不是狗，心里委屈空落，因此在旁人骂他的时候，他开始连推带揉地骂衙役了。

"袋子没装满呢，你让他走什么？不耐烦做这行当就滚远点儿。衙门拿闲钱养闲人，你当老爷吃饱了撑的？"

"我让你看着秩序，没让你动手打人，你再往那孩子腿上踹一脚试试！"

衙门里的人，自来在百姓面前跋扈惯了。动辄打骂，这是常事。便是葛蔺晨葛大人来的时候，也不将这些人当人。

偏偏就是一个林升迁。你也闹不明白他是好官坏官。反正好事也做过，坏事也没少跟着掺和。

衙役们都不喜欢他，老百姓们也不喜欢。

唯一喜欢他的两位——

正坐在楼上吃酒。

连芳居建在衙门口斜对角的桃树边上，中间隔着官道，道路不宽不窄，打小二楼一坐，就能瞧见下面生了什么热闹。

赵舅爷和姚赤诚一边剥花生一边聊闲天，聊累了向下望一会儿事事亲力亲为的林升迁，还都挺欣慰。

"孩子挺好，比李培玉那老东西强多了。"

姚赤诚点头称是。

"心是挺善的，硬是自掏腰包，又给杂面麸皮里加了几斤白面。其实那东西加不加的，有什么用呢？都是一样难吃。"

"没吃过苦的就见不得苦。"

赵舅爷嚼得有些噎得慌，敲两下桌面，立时有伙计进来倒了水。他灌下几口，咂了咂嘴。

"老姚啊。"

"哎？"

姚赤诚正在慈爱地打量他的"儿子"迁迁，突然听到赵时言唤他，吓了一跳。连忙收起笑意，弓起背来欠身道："您吩咐。"

"不用站着。"

赵时言今日难得没摆谱，将手一摆。

"坐下说话。"

连芳居的茶贵，贵在南水冲北茶上。

蜀中官老爷们喜爱喝京茶，不是因为品得出多大的滋味，而是觉得，只有贵，才能显出身份来。

赵时言喝什么都是一个味儿，今次却愿意自掏腰包，迎合老姚的口味，另叫了一壶六安瓜片。

熙熙攘攘的发粮声中，他努了努嘴，漫不经心地瞟了姚赤诚一眼。

"我听他们说，陆离是你打发人处理的？"

他当然是不死心的。

他派人搜过乱葬岗，没瞧见跟陆离身形相近的尸体。

当然也可能是死得太早了，腐臭化水，底下的人也没那么大的胆子细瞧。毕竟这里面躺着的，有很多还过了他们的手。虽说人死如灯灭，但夜路走多了，谁心里不藏个鬼？

姚赤诚面上一愣，没有想到他会问到陆离，老实回道："是下官处理的。这都是小半个月前的事儿了。您找他有事？"

没听说他们二人相熟啊！

赵时言一听这话，暗暗搓了一下手掌。

他其实在问之前并不确定经的是老姚的手，只是觉得李培玉不会亲自做这些事，这才来诈姚赤诚的。没想到竟然蒙对了。

面上不动声色，赵时言吊儿郎当道："有事儿，也没事儿。你管那么多做什么……怎么处理的？还有气儿吗？"

老姚瞪着眼珠子发了好一会儿呆，仿佛是在回忆，是不是还有气儿。

"哎呀！"

姚赤诚上下手一拍，将专注瞪他的赵舅爷也吓了一跳。

然而这一跳，竟没引得他发怒，反而多了一点儿老姚看不懂的期盼。

"怎么？活着……呢？"

赵舅爷长了张猴脸，往近一凑，便像颗倒栽进脖子里的寿桃。桃子这会儿忽而瞪亮眼睛，忽而又觉得表现得太急切了，干咳一声坐回原位。

"断气儿了啊！"

姚赤诚不知道，赵舅爷的买卖虽落空了，心里却仍觉得这事儿还有转机。可惜这次的结果，再次让他失望了。

老姚说："李大人交代下来的事儿，下官哪敢含糊？说起来，倒是真不知陆师爷做了什么错事。反正就是让连夜给办了。下官还收了陆师爷一点儿好处，给了一副全尸。"

赵舅爷闭上眼睛，深深吸了一口气，又重重地呼出来。

"那你刚才'哎呀'个什么劲儿？"

老姚被赵舅爷吼得耳根子"嗡嗡嗡"地疼，战战兢兢地道："哎呀……是想到他死时的那张脸了，真是挺不好看的。"

赵舅爷没工夫跟他讨论死人脸，脖子往椅子上一靠，气急败坏地道："扔哪了？后山死人冢？"

"不是。是舀木河边儿，顺水漂走的。"

赵时言脑门子上抬出三道褶痕。

"官道上做的？你们胆子也太大了。"

舀木河再向前行，便是驿馆。人多眼杂之地，也敢下此毒手。不像是李培玉谨小慎微的性子啊！

姚赤诚听后摇头。

"谁说不是呢？我们也做得心惊肉跳的。而且那天，就是从驿馆将人拎出来的。师爷和我们是跟着李大人出去置办新物件的，半路下榻，不知怎的两人就吵嚷起来了，晚些时候本都歇下了，大人突然来了脾气要办他。"

说完，姚赤诚又让赵时言看他手上的串珠。

"这样东西您该见过。是紫檀木雕成笼子样，嵌了猫眼石的，师爷常戴在手上。那是个明白人，被扯出来的时候，就知道活不过明儿个了，没说什么好话，单是顺着袖子将这物件塞给下官，就是想走得痛快些。"

姚赤诚跟陆离没什么交情，然而陆离的死，到底让他萌生出些许兔死狐悲的伤感。提及仍觉李培玉太绝。

茶桌上落下一片花生壳。是赵舅爷嗑烦了，懒得再待下去了。扶着桌子一抬脚，他无甚好气地说："唠那么详细做什么？当我没事儿闲得听你说书呢？死便死了，你在这儿唉声叹气地做什么？人还是你弄没气儿的呢！"

姚赤诚心说，这事儿不是您提的吗？怎么倒骂了我？

他根本不知道，赵时言将账本和李培玉的气统一算在了他的头上。人是他杀的，便等于他毁了账本，断了他的财路。

"这顿你请！"

第八章

眼前人是
心上人

赵舅爷一跛一跛地下楼，多一眼都不肯再看姚赤诚。

姚大人盯着他的背影，原地躬身相送，在他看不见的地方小声念叨了一句："我请啊……那早知道，不点那么贵的茶了。"

掀开袍子重新坐下，姚赤诚望了一会儿衙门口的景。小林大人已经换了一个衙役在骂，身上的官袍，袖子卷到一半，似乎觉得有辱斯文，骂了两句又卷了下来。身边蜡黄脸的艳染，是他府上送来的那个，正一面拍背顺气，一面塞茶水给他解渴。

姚赤诚坐在楼上"慈爱"地注视着，对自下而上走进来的小武说："回去禀了葛大人吧，大兴无恙，林升迁这边，不必再查。"

此时，若是赵舅爷在，只怕要气闷不平地摔碎几只茶碗。小武是葛蘭晨身边的近侍，周遭大小事宜，都由他汇报给上面。葛蘭晨明面上放他来探林升迁，背地里却与姚赤诚通气，让他盖棺论定。可见，他在葛蘭晨心中，仍是不及"外人"得用的。

殊不知，葛大人只是单纯谁也信不过。一定要"倒"几个人的手，过几个人的眼。其道理如同克扣官粮，敢做，却不敢信其中的某一个人，必须得分出去，拆得细细的。负责的人不知另一部分是谁接手，接手的人不知道下一步与谁联络。

周转玄虚，偷天换日，是非要将底下人都折腾一圈，才肯安心。

而长久被折腾的老姚，此时琢磨的却是另外一桩事。

他在想，赵时言跟陆离，又是哪杆子买卖呢？他找他做什么？图财，图利？

楼下有脚步声自下而上渐近，是协助林升迁分发粮食的老岳回来了。屈膝行礼，他向姚赤诚复命道："大人，城内百姓口粮已尽数领取完毕。林大人说，晌午过后，会亲自押送赈灾粮，往天井城走一趟。但是我们的人……"

老姚的心思还在陆离这个人身上，饮下一口浓茶，全是银子味儿，且是他的银子味儿，便觉极差了。茶几上落出一声轻响，他说："我们的人，这会儿应该已经到了吧？"

天井城是姚赤诚的地界，早在分放粮食之前，林升迁便同他说过，要去他的管辖区溜达溜达。

小林大人是个无事忙，剿匪、送粮都是他的心之所向。他需要一些政绩证明自己是个父母官。姚赤诚对此表示理解，也当即应承过他，让他跑这一趟。左右，他是不可能去那穷乡僻壤的。小林愿意折腾，是更加省事。

可惜，葛蘭晨放心不下。

他觉得仓绫官道的匪闹得太蹊跷了，仿佛是落地生根出一拨强人。便算衙役们无能，这拨人又是从何处而来的呢？

姚赤诚明知道，这是葛太爷的疑心病又犯了。心里不以为意，面上却少不得在接到信件以后，弄出一点儿动静。

老岳告诉他说，他们打前儿就动身了，这会子，却是该到了。

姚大人不置可否地靠进圈椅里，伸了个懒腰。肚子在眼前凸成一个圆球，他又向下端详了一会儿小林。

"那边就去宽慰宽慰，说是我的意思，担心他太累了，便着人先去了。至于天井……"

他老神在在地抬起一层眼皮。

"若是熟面孔，便当无事，立即回了葛大人；若是生面，也还是回他。"

真出了什么大毛病，他担也担不住。

老岳跟在姚赤诚身边多年，自来懂得生面和熟面的意思，口中应道："此事已提前吩咐过廖捕快。"

老姚便觉没什么好操心的了。

挥手示意老岳先下去，自己则继续细思。

赵时言找陆离，是干吗呢？

林升迁没有想到姚赤诚不动声色就调了兵。

天井与大兴相距两日路程，便算轻功绝佳如陈爵爷，也绝不可能在老姚的人抵达之前，通知到村民。

"都说螳螂捕蝉黄雀在后，我今日算是见识了！"

小林大人上午刚跟衙役吵完，下午又挨了一气。急火攻心，嗓子都哑了。一面狂灌冷茶，一面大骂姚赤诚是老黄雀。

原来他才是一直负责盯梢的人，赵时言跟他一比，简直成了只会分钱的喽啰。

陈爵爷和乔灵均恰又不在衙门内，只剩下他一个人，驴拉磨似的，在院内一圈一圈地转。

艳红不知他犯了什么毛病，只瞧见姚赤诚身边的老岳来了一趟，他便气成这般，守在院外也不敢进来，及至他自己转晕了，一屁股跌坐在石墩上，才过来扇风。

"应该没事……应该没事儿……吧？"

小林大人嘴里仍自念叨着，脑子转了一溜十三周。想着，孔老爷子镇守城门，衙门的人上山，是绝不可能一点儿动静也无的。粮食都是藏在山洞里的，便算放人进山，也不会轻易被看到。

他心里没有半点儿主心骨，全将剩余的力气放到了艳红身上。

艳红看他急得这样恍惚，也不敢细问是什么事，单是将他递过来的手揣在手心里，跟着他念叨："没事儿，你莫慌。没事儿的，莫慌。"

与此同时，天井城里正在大张旗鼓地开牙祭会。

因为连日来的"收成"颇丰，几位负责管粮的便商量了一下，将商贾额外给的一些熏肉棒骨炖成一锅好饭，给孩子老人补补身子。

主意拿定以后，三娘便抱来了熬米的大锅。巧妹抡开胳膊，剁碎了骨头棒子。葱姜蒜扔进去一些，注了泉水，很快熬煮出一锅浓白香厚的骨头汤。

白米已经淘制过了，跟着骨头一起煮进去。熏肉片成片，漂在汤头上，再一上盖，焖煮一个时辰，肉汤的香味便全部沁到了米饭里。香味顺着山风自上而下飘远，便是孔老爷子，也在城上坐不住了，笑眯眯地跑来抽了一袋子烟。

"孔二，开门！"

正是有人欢喜有人愁。

就在村民欢天喜地地等吃肉饭之时，接连行了三天山路的衙役们也在这时抵达了城门。村内与城门间距颇远，孔老爷子专注抽烟闲聊，根本没听到这一连串的呼喝。反倒是三娘五岁的小儿子在城边玩石子儿，听到了。

孩子是没有任何危机意识的，知道官老爷们隔三五半月，都会往返村内一趟，便当作寻常客人对待，扯开闩子放人进来了。

衙役们进来就闻进一鼻子肉香。

为首捕快廖成举乃是姚赤诚手下最得用的心腹，半只脚刚踏进天井村，便驻了足。

这处地方原本是片荒地，众人得过且过赖活，本是没有力气盖房建舍的。这会子虽大部分仍旧荒着，却自中心一处冒出一座石堆木造的四合院来。

肉香便是从院内飘来的。

廖成举没忙着进去，而是将三娘家的小儿子抱在怀里，掏出一颗糖块，他对小娃娃道："里面住着谁？怎的这样热闹？"

小娃娃本是不肯让他抱的，但是他有糖，便顺手接下了，歪着脑袋想了一会儿，说："是恩人。"

廖成举又问："什么样的恩人？"

小娃娃虽觉山内三位当家都是恩人，但村民都奉九爷为首，便嚼着糖块说："是女恩人。"

女恩人？

廖成举的眼睛眯起又睁开，遥遥望了一眼四合院的方向。孔老爷子恰好在这时抽完烟出来。

烟袋锅子在鞋底磕打两下，猛一抬头对上廖成举审视的目光。

"廖……廖大人，怎的是您来了？"

孔二险些跌倒，左脚向后退了一步，是想赶紧进院通知村民关火藏粮。但又知道，此时进院，只会引得廖成举更加生疑，只能硬着头皮迎上来。

小娃娃见老爷子过来了，便顺着廖成举的大腿滑了下来，跑出几步，喊了声："爷爷，肉饭好了吗？"

天真纯净一张脸庞，却为此时的危机掷下了最猛烈的一击。

廖成举盯着孔二冷汗直冒的脸，笑了一下。

"大人着我来看看你们。怎么，竟然还有肉饭吃？可叹大人还巴巴惦念着，让兄弟几人送了杂粮来果腹。这会子看来，似是有些多余了。"

这般说着，他凑近孔老爷子。

"打哪儿来的好东西，怎么也没听你说过？小孩儿刚说村里还来了个女恩人？你不是忘了，自己也是吃官饭的了吧？"

孔二当然记得自己是吃官饭的，可是这碗官饭经常是有上顿没下顿。山下的人想起他这个"官儿"时，便送些杂面过来。没想起来，活活饿死也不稀奇。

院子里的肉香已变成一条撩人的丝线，钻入鼻间。盖子打开的那一刻，有小孩儿的欢喜声传进耳里。一墙之隔，分出两片颜色，一半浓彩，一半重墨。

这要如何才能解释得清？

廖成举向前迈了几步，孔二便跟了几步。眼看便要入院，孔二堵在门前。

"廖爷……"

廖成举没有给他解释的机会，直接抬脚踹开了院门。

他这次是带着人来的，不止送粮的六个。山腰还驻扎了三十几号人，是姚赤诚奉葛大人之命从川蜀兵营调来的。他也想见识见识女恩人是什么面目。

院门应声而开，锅内的饭和锅前的一众人，尽数收入眼里。惊慌、不安、失措，廖成举很满意众人此时的神色。手握刀鞘，四平八稳地迈着官步进来。眼风一扫，仍是一些老弱妇孺，与三个月前他来此送粮时无异。但是仔细端详，又能自个人脸上，看出几分丰润颜色。

"胖了不少嘛。"

廖成举皮笑肉不笑地行至锅前，倾身嗅了嗅饭香。身边衙役分外有眼色，立时搬了只小凳子与他坐。孔二见状，只能从三娘那里拿来碗筷。廖成举见了，也接了，从锅里舀出一勺，吃了两口。

都是货真价实的精米香肉，又是一笑。

"你们这些人竟然都能劫粮了？米哪来的，肉哪来的？还有那位女恩人，不叫出来见见？"

廖成举的一连串问题，显然无人敢答。孔老爷子后背沁出的冷汗，已经将衣衫汗湿。廖成举省得在他口中问不出真话，忽然将头一转，落在了三娘身前的小娃娃身上。

轻轻一招手，他说：

"你过来，告诉大人，恩人长成什么样？"

三娘自知孩子闯了祸，双手死死按住小儿子的肩膀，艰难挤出两个字：

"大人……"

"大人又不吃人，这么害怕做什么？你们常年也是苦过来的。若有人救济，姚大人也是开心的，不是什么大事儿。"

廖成举嘴上说得云淡风轻，动起手来却是一点儿都不含糊。一个眼神递过去，便有衙役来拉孩子的，正自拉扯之间，院内又是一声"咣啷"，门被由内而外踢至大敞。

这一次，是正中主院的门开了。

"刚睡醒午觉便听到一阵吵嚷，以为是哪位天皇贵胄来了天井山。结果一看，原是廖捕快。"

门内出来之人，乃是一名小姑娘，眉眼生得有种圆润的媚气，天然生就一副柳腰。可惜爱如男人一样行大步，无端添了七分糙态。

"马大当家的？"

廖成举没想到从屋里出来的会是她，脸上的错愕，不比孔二见到自己时的少。

马聊聊为什么会出现在这里？她的人马不是一直在西面吗？

"嗯，途经此处，溜达溜达，顺便给老乡们打打牙祭。"

马大当家的十分坦然地踹了廖成举一脚，凳子腿在土里歪了半边，廖捕头连忙站起来，将位置让给她。

而廖成举之所以如此抬举马聊聊，完全是因为，她算是他主子姚赤诚的半个"自己人"。

马聊聊虽则在十方那里挨了不少教训，实则在蜀中一带很有威信。姚赤诚省得她和王五手里都有把子能用的"兵"，因此明里暗里都给着几分薄面。

一则，是不想损兵折将地跟大匪们硬碰硬。

二则，大匪们吃饱了，就会顺手接济一下百姓。省粮省力，左右劫的不是官府的粮财。他们替他喂饱了，他还能多吞下一些赈灾粮款，乐得悠闲自在。因此从来都是互帮互助的关系。

"原来如此啊！"

廖成举伺立在侧，口中说着："您自来心善。"

神色语气，仍是将信将疑。

村里的百姓个个面色红润，即便没到个个白胖的程度，也能看出不是一顿两顿能养出的颜色。

马聊聊说她途经此地，顺便给老乡打牙祭。单打这一次，还是次次都打？她又哪里来的这么多闲粮？

对此，马大当家的不必他提，也要拿出来"炫耀"。

"吃不完了。"

她漫不经心地嚼了两口饭，左脚一抬，搭在凳子一角，吊儿郎当地说。

"你们的人不是还来剿过我们几次吗？就那个什么林大人？"

"西面的粮食没得刮了，仓绫一带倒是长行商贾。我们便顺手劫了，没有想到姚大人这般给面子，在驿馆各处放了交粮不杀的公告，可是让我们稳稳吃了一把。现如今，兄弟们肚子填饱了，就想着山上这群老人孩子不容易，就将剩下的往这边倒腾倒腾。说起这个……"

马聊聊兴致勃勃一挥手。

"我还该谢谢老姚，正巧你过来了，便与他讲，他的天井城，老娘我包了，以后也不必送什么劳什子的杂面麸皮来了。谁差那点儿东西？"

如此，官道上的劫匪身份，也瞬间明了了。这粮，就是马聊聊劫的！

不仅如此，她还头头是道地将官府的几次围剿时间讲得精准无比。话里话外不乏嘲笑得意之色。

"我跟老姚认识也有三年了，从没见他跑这么快过。"

廖成举傻傻地站在马寡妇边上，一会儿看看百姓，一会儿看看大锅，想要吹毛求疵，都找不出漏洞来。

马聊聊应该是饿了，说完以后便专心扒饭，口齿不清地道："要不是这处地方远，我们都想搬到山里来住了。可惜从这儿到仓绫官道得绕大半天的路，兄弟们天一热便不爱干活了。"

马大当家的这句话，并非对着廖成举说的。嘴里叨叨咕咕，更像自语。

再细一琢磨，除了马寡妇，确实也找不到另一拨人会做这些事。便是刚刚的小娃娃，不是也说，是女恩人吗？

老弱妇孺若是都能劫道，他们这种有身手的，岂不是能进皇城做禁卫了？

再者，官道同天井至少半日脚程，遇上雨天，道路泥泞难行，更加不可能拖着几十斤粮食上山。

马聊聊见廖成举琢磨成了一个傻子，也懒得理他，吃过饭以后，便从屋里拖出一只麻布口袋。

这次的话是对孔老爷子说的："都是穷苦百姓，我们也就这点儿心意，过些时日再有些什么，我再让弟兄搬上来点儿。你们这地方太难爬，少量多次，大家伙都留个活路。"

孔老爷子自然称是，村民们也连声附和，多谢恩人。

廖成举便是再精，也被这场面蒙混过去了。官府里的人，是不知道官道边有入口一事的。廖成举依照常理推断，确实找不出其他理由。

下山途中，手下问他如何回葛大人的信件。他沉思片刻，便道："并未在大兴、天井管辖之内发现山匪踪迹。初断该是游民一流，叫他老人家放心。"

这通回信，并非要为马聊聊开脱，而是廖成举在出发之前，便得了命令。

若山匪是熟面孔，便不予追究。

姚赤诚靠山吃山，靠匪吞财。老面孔帮他养人，是互帮互助的关系，早已算作半个自己人了。自己人，自然是不能剿的。

可叹葛蔺晨事事在握，唯有一点算漏，便是人的贪婪之心。大官搜刮民膏，小官以匪养民，自以为各自找到了制衡之道，殊不知，一着不慎，满盘皆输。

廖成举走了以后，聊聊姑娘还在院里胡吃海喝。

她今日是刚跟柳十方押送完药材回来的。说来也巧，正是与廖成举前后两步抵达。十方在屋内没有出去，单是教了聊聊应对之法。聊聊心思活泛，加之与姚赤诚的手下很早便打过交道，因此应付起来十分得宜。

"看不出来啊，你还有点儿糊弄人的本事。"

十方在屋内，将外头的对话听了个大概。闲话过半，便知这事儿不用担忧了，顺手洗漱一番，换了身干净衣服。

马姑娘难得被夸，便是这时，心情挺好地站起来，准备将座让给二爷，抬眼一瞅，愣住了。

在此之前，她是没见过十方真容的，押送途中他也以黑布覆面。今日大约是心情好，也大约是回了自家地方，没了顾虑，便摘了。

鸦青色的长衫还带着新换洗的衣裳独有的皂荚香气，不是什么上好的料子，却被他穿出了贵胄之气。

原来他长得这样好。

聊聊呼吸一窒，明知这样盯人是不好的，眼神仍旧止不住在他身上瞟。

三娘家的小儿子被骂哭了，他抱在怀里轻哄，眉眼低垂，仍旧是雾气昭昭的一团。音色清越，混了些哄小家伙时的奶气。

马聊聊是没读过几年书的，此时端来只想到戏文中常唱的一句。

陌上人如玉，公子世无双。

"你也坐啊，端着吃饭不累吗？"

他对她笑了一下，她的手便抠进了碗里。米粒还是热的，烫了手。笑容是温润的，也就此，刻在了心上。

第九章

真亦假时
假亦真

姚赤诚晚些时候去了趟萧庭舞坊。

自李培玉走后，他便在坊中包下了一个叫袖扬的舞女。脸面生得有几分可怜相，小山眉下一双吊眼，是春水寒江一派的人物。虽无法跟当年的梅艳红相比，到底能端得上台面。

老姚家中没有李培玉那样的老虎婆娘，流连起花丛来，倒也轻松自在。可惜老姚不及李培玉有钱，包虽包了，却包得有些寒酸。

五两银子一匹的锦布是决计不肯赏的，以至于袖扬时至今日，还在捡艳红剩下的穿。

"我晓得旁人笑我穿她的旧衣，可旧衣裳有旧衣裳的金贵。织锦缎子可不是人人都买得起的，你看我这朵孔雀花，是金线绕的边儿呢。"

袖扬每每都要旁敲侧击地讥讽一下老姚，眼梢扫着对方的神色，若是赶上兴致好，便会因"气不过"，赏些金钗银玉。若是兴致不好，后面的话就不说了。左右男人这东西，只要肯花心思去哄，没有哄不高兴的。

老姚今日兴致明显不错。

因着刚在赵时言那儿分了一笔，小有积蓄，便自怀中掏出一支金镶玉的羽灵步摇。

袖扬一见便知这是发财了，脸上也跟着笑模样。娇滴滴地往姚赤诚的身前一蹲，她央他亲自为她戴上。

"好看吗？"

美人浅笑盈盈，便如镶珠戴玉的精巧首饰，哪有不好看的？

老姚攥着滑腻一双嫩手，并不吝啬那点儿夸赞。

"自然是好的。我选的美人，哪有不好之理？只是，你也莫要嫉妒那个梅艳红。那人当时是有用处的，便是李培玉养她，也不只因为那副皮囊。人家管得一手好账呢，师爷没了，后续的账本都是她做。"

袖扬最不爱听的便是旁人提起艳红的好，今次却没有立时反驳，站起身来为老姚斟了一盏茶水，她轻声问道："真的死了吗？"

"什么？"

老姚未及她问出这话，愣了一瞬，若有所思地看了袖扬一眼。

"你后来见过活的？"

姚赤诚长了一张老实脸，实则是于官场磋磨多年的老人参。袖扬的话只说了半句，便被他嗅出了旁的味道。

袖扬一只美人袖内扯出一方绣帕，料子是寻常的雪锦缎，无甚稀奇。但是方帕的右下角，绣着的红梅，便不寻常了。

袖扬说："这是她的手艺。楼里姐妹都没这样的本事，你看这花蕊，她便能用黄线嵌到中心部分，反拉出来。我跟她学过，所以知道。这一条是她最爱的，伺候李培玉那天，便搭的是这条帕子。"

这个意思是说，死的时候，也该带着。现如今突然出现在楼里，不是闹鬼，就只能是真人还活着了。

姚赤诚对于艳红是生是死，倒没有太大兴趣。

她知道的那些东西，他很早就知道。

她经手的买卖，他仍在经手。

便算真的没死，他也不信她有天大的胆子，敢闹到衙门里来。

蜀中，本就是他们的天下。

但是袖扬的下一句话，便让他变了颜色。

因为她说："这条帕子，是我打骂玉儿那天落在地上的。楼里杂扫婆子我都认得，当时没及细思，过后琢磨，越觉得那背影像她。"

袖扬无疑是最熟悉艳红的人，姐妹多年，不管真心假意，她对她的一切都是根深蒂固的。

这些蒂固，让她对她的优缺点了如指掌。也让她自心里生长出另一个艳红的影子，阴魂不散，如影随形。

袖扬说："我盘问过那日当值的婆子，根本没在那个时辰进来过。我不信邪，非要出去查看一遍。没见着人，却远远瞧见新来的县令带着一个丫鬟从一条巷子里跑出来。丫鬟的身量、胖瘦和行路的动作……"

袖扬突然住了口。

她不信邪，却不敢多想她。

想多了，便会后怕。

那是她亲手造下的罪孽，是她费尽心力怂恿艳红，跟李培玉撒泼耍滑。她不是直接杀死她的那个人，但是，她借出去一把刀。

"那名丫鬟唤作艳染，我见过她的面貌，跟梅艳红丝毫都不相像。但若是乔装易容，便……"

跟袖扬单纯的后怕不同，姚赤诚此时思忖的，要复杂得多。

他的脑中已在模糊之间，绕出一条细线。线的源头在疑似死而复生的艳红身上，又不完全在她身上。

若林升迁身边的丫鬟艳染是梅艳红，你林升迁又是何人？他来大兴的目的又是什么？

李培玉临行前已将原录账本销毁，艳红手中会不会还留了一份备用？

谜团如线缠绕，又似清明，又似混沌。

小林大人的府邸，在"分赃"之后也并没有得到修葺。

房舍上的砖瓦本来就松，自来了爱在檐上听人"壁角"的两位大人之后，更加无法牢靠了。

姚赤诚走进院子里的时候，小林大人正蹲在房顶上，用石灰补瓦片。神情里，分明带着惊和怕，却不知打哪冒出的虎劲儿，非要将那半块补好。

艳染一直站在檐下扶着梯子，人不在梯子上，却要梯子随时在抬眼就能看到的地方。

"哎呀，哎呀，艳染，你要看着我，我挪了半步，梯子也要挨着半步。对，往这边儿。"

平心而论，这样的大人艳染是完全不想伺候的。那会让她觉得，她的脑子缺了根弦。

然而小林大人自从与她相识，便将她当作一名近人。

不伺候是不行的，他能一路跟着她念叨无数遍："艳染，你怎的这样无情无义？"

仿佛他是她突然捡回家的儿子，她是他为自己捡来的妈。

但"儿子和妈"也不能完全说清二人的关系，相处时间久了，就多了点儿痴缠情愫，谁也没说破，谁也没愿意说破。

而此时，有情有义的艳染，已经不知翻了多少白眼。最后一次翻得有些劲儿大，半天都觉得眼仁卡在了上眼皮上。

恰院内有脚步声进入，便顺势望了一眼。

梅艳红看见了袖扬。

她今日穿的，仍旧是她的衣裳。红纱白裙，裙摆一串水波纹，是川蜀境内最好的绣娘所制。

过去，她最喜欢的也是这件衣服，一有得脸的场合便穿在人前。可惜此时再看，只觉刺目，不论是衣服还是人，都是如此。

艳红很快移开了视线。

袖扬的眼神，一直在梅艳红身上。

林升迁看到姚赤诚进来了，看见了，也决定当没看见。

昨儿他闷声不响便派人去了天井村，虽然十方后来发了传书过来，说安然度过，仍然让他放不下对姚赤诚的厌恶。

"大人为何亲自上房？昨儿的银子不是分了？要我说，不及换个好住所。"

林升迁不理老姚，老姚自己却很愿意用热脸去贴冷屁股。一面寒暄，一面拉着袖扬向前行了两步。两人之间有一次短暂的对视，袖扬含笑对林升迁点了一下头。

姚赤诚说："前些时日，下官见大人身边的丫鬟都不甚得用，便亲自去舞坊挑了一个。模样生得清淡水秀，也懂得些诗文意趣。您瞧瞧，可好？"

"好你个三舅姥姥！"

小林大人顺着梯子爬下来，姚赤诚连忙上前扶住。

犹自听他骂骂咧咧地说："就你爱见天琢磨这些没用的，艳染好好的，怎么就不好了？"

"您别急着生气呀！"

姚赤诚哄他都快哄出了经验，拍着后背给顺气儿。

"这不是见您这些丫头，不是丑……就是小嘛。再者说……"

他观察着小林大人的脸色。

"人不要，物件儿总不能不要吧？"

"物件儿？"

林升迁不知道老姚卖的是什么关子，老姚身边的袖扬却在这时紧走了两步，对他盈盈一笑，自袖中扯出一条绣帕。

那是一块四方小巾，折叠在手中，单是露了上面一朵红梅。

艳红一见帕子便惊住了。

那是她的东西！

那日离开舞坊以后便遗失了，竟是落到袖扬那里了吗？

她不知袖扬从何处拾来的，只知道此时不能搭腔，更不能承认！

可惜袖扬也看穿了这一点，直接将帕子晃到林升迁跟前，故作疑惑道："您可认得这个？"

小林大人扫了一眼。

他不是什么心细如发的男人，来到大兴以后，身边的女人就只有艳染。也正是因为只有她，倒是让他记得了这个花样子。

他那时还调侃过，她连帕子都喜欢用红色点缀。

"这个不是……"

他朝艳染的方向看。

"大人！"

艳红的心已经提到嗓子眼，生怕林升迁说出些什么。

袖扬却先一步拦在她身前，对林升迁道："这条帕子是奴家看到您和艳染姑娘从巷子口出去时捡到的。当时见你们跑得匆忙，以为有什么急事，便没好追上去。今次过来，一是因为姚大人说您这儿缺人手，想来伺候。二便是想将这样东西……物归原主。"

袖扬的话一语双关，一方面是在确定那日在巷子里跟林升迁在一起的人就是艳染。另一方面，则是诱他们自己承认，这块帕子的主人，就是梅艳红。

她太熟悉她的一切了，即便那张脸不是她的，但是身形，一定是的！

艳红从来没有这么手足无措过，她看向林升迁，希望他能意会她的不安，没有想到林升迁以为，她着急要回帕子，顺手便抽了出来，递到艳染跟前。

"原来是这么回事，那应该就是我们的。"

是你的，就好办了。

袖扬嘴角勾起一抹笑，阴恻恻地从艳红脸上扫过。梅艳红此时若是不肯接，就是心里有鬼，接了，就是坐实身份。

"大人，这个帕子……"

正当艳红焦急万分的关头，再次被一道声音盖棺论定。

"咦？这不是艳染姐姐的帕子吗？怎么在你这儿？"

小院的门不知什么时候被推开了，话落之时，并排走进一男一女，分别是林升迁府上送来的丫鬟灵久和侍从瑾言。

两人应该是刚从市集回来，丫头手里还拿着一只小风车，举在手中走过来，一圈一圈地转。右手一抬，她直接将帕子接过来了。

艳红的脸急得黄中泛白，不知该如何收拾这样的场面。

袖扬则由此更加露出了踏实之色，堆起满脸笑容问丫头："你确定这是艳染姑娘的帕子？"

"确定啊！"

丫头似乎并不喜欢袖扬，单是仰起脑袋，很天真地望回艳红，笑眯眯地道："艳染姐姐，我今儿也买了一条，你瞧瞧，是不是跟你那条一样的？掌柜的可是打包票说，是同一个人绣的。我不懂绣工，你给瞅瞅是不是？若她糊弄我，我定找她闹去！"

"同一条？"

"买的？"

这个答案让袖扬和艳红都愣住了。

袖扬本是胜券在握的，本以为丫头是助攻，完全没有料到，会有另一个结果。

艳红心里的震惊一点儿也不比袖扬少，怔愣片刻，她接过九爷递来的另一条帕子。

两条手帕对比，都在右下角的位置绣了红梅，花蕊都是自内向外绣制的手法。

这竟然——真的是她绣的！

"你……你在哪买到的？"艳红一脸怔愣地问九爷。

九爷这会子在装"傻丫鬟"，所以特别"尽责"地一歪头，扯了扯身边瑾言的袖子。

"哪买的来着？"

瑾言，也就是陈爵爷似笑非笑地看了这小东西一眼。心说多新鲜，比在他太守府里装小乞丐时还会讨人喜欢。

这么多才多艺的少将军，实在是不多见了。

"就是凌竹巷子第三家绣坊，去过两次你怎的还不记得？"

他将手扣到她的脑袋上，摸了两下，眼神亲昵又温柔。九爷摆一摆头，泥鳅似的从他掌心溜出去，笑说："不记得了有什么关系？反正我要去买，你还是会带我的。"

袖扬已经傻在当场。几步上前夺过帕子，是艳红的手艺！两条帕子居然都是梅艳红的手艺！

这怎么可能呢？

因为紧张，喉咙变得异常干渴，袖扬咽下一口口水，追问九爷："这帕子，真是绣坊里卖的？"

"是啊！""傻丫鬟"摆弄着小手帕，自顾自说道，"我们才到大兴都知晓那家的绣帕极好。姐姐是本地人，竟然不知吗？听说这帕子，是萧庭舞坊一位花魁所绣，因花样绣工独一无二，一度被炒到天价。但是自从这位花魁离了这处地方以后，便不再紧俏了。艳染姐姐之前路过，买了一条。我瞧着好看，便央着瑾言带我也去买来了。"

舞坊花魁绣的？舞坊花魁……除了梅艳红还能有谁？

袖扬恍然想起，梅艳红确实在做花魁时绣了一部分帕子给绣林坊的林坊主。那是从她们楼里出去的姑娘，因嫁了一户商贾为妾，得了一户宅子做绣活。后来商贾死了，生意惨淡，便来求艳红照顾一下生意。

那是两年前的事了，也难怪她会忘记。

与此同时，艳红也想起了那桩旧事。

那时的她也只将此当作日行一善，辛辛苦苦绣了小半年，看见对方生意有所好转，还赠了支钗子过去。

没有想到，这点儿小善会在日后给她这样大的回报。原来因因果果，都藏在轮回中。她在松下一口气之余，暗暗扫向九爷。

他们其实很早就调查过她了吧？调查得如此清楚，却从未逼迫她一句。

那她……

九爷说完以后便不再看袖扬了，两条帕子一叠成二，一条给艳染，一条自己装回怀里。

兜转了一圈，似是不懂为何在场之人都脸色各异，遂问姚赤诚："大人中午可要在这儿用饭？"

姚赤诚本是带着狐疑而来的，此时事件急转直下，反倒被绕糊涂了脑袋。但是他心里的疑虑并没有完全打消，暗暗向袖扬使了一个眼色，袖扬立即意会，自袖中再次拽出一条丝帕。

帕子是湿的，揣在袖中许久，连带袖口都洇透了。

帕子在来时便吸满了一种叫作"落颜"的水，寻常的乔装易容，只要沾上这种水，立即会起皮变色。

陈怀瑾抱臂靠在树下，其实很早就闻到了落颜的味道，但是他站在原地没有动。

他知道姚赤诚是一只不好糊弄的老狐狸，不将艳染那一脸蜡黄验上一遍，是不会放心的。

果然，袖扬直奔艳染而去。

嘴上一迭声说着："刚才就见姑娘脸上沾了灰，光顾说话竟是忘了，赶紧擦擦才好。"

艳红下意识地后退，被袖扬眼疾手快一把拉住。湿帕子强行沾到脸上，左半边脸颊很快感到一阵灼辣，艳红猛地推开袖扬。

"你做什么？你帕子上沾了什么？"

落颜里面含有青皂荚，无论是易容的人还是正常人，触到面上都会感到不适。

林升迁对于艳红的维护，素来如老母鸡护崽一般，抬手就推了袖扬一个趔趄。

"谁准你碰她的？"

一面说，一面跑去缸里舀了一瓢清水。他又不惯伺候人，不晓得要轻轻地拭。帕子沾湿以后直接糊了艳红满脸。少年式的气急败坏全摆在脸上，是真真正正地动了怒。

女孩的皮嫩，哪里经得住这样的摆弄？

艳红好不容易推开小林大人，湿答答的水渍沾了满头满脸，衣领子濡了大片。然而那面颊，仍旧是一派蜡黄之色。

没有因为落颜而起皮，更没有因为清水而褪色。

袖扬攥紧手中丝帕，终于露出了慌乱之色。

真的不是她？

慌乱过后，又颇为复杂地于心底混进了一种迷茫。她其实也不希望这个人是艳红。

艳红是她害死的，死了，就干干脆脆地死透，多么好。若没死，记了她的仇，她岂不是日夜都难以安睡？

可是她死或不死，她都再没有过好睡。她杀了她，骗了她，杀和骗都谈不上后悔。

因为她爱现下这份荣华。但她见不得她，哪怕是身形跟她相像的人，也见不得。

梅艳红是真心对她好过的，风月门里轻笑弹唱，最难得就是真心。

可惜真心抵不过真银。

袖扬强行收起那份晦暗不明的心思，重拾了笑意。她们这类人的脸，素来变得快。

她故作歉意地一俯身。

"哟，对不住。这帕子是出门前丫鬟洗了给我的，她素来爱吃辣子，也许手没清洗干净，连带帕子上也沾了……"

这个解释，众人皆知不过是敷衍之词，没人再深究。反而是姚赤诚，要因为莽撞地给林大人送来一个不讨喜的女人遭到一顿狠骂。

老姚不停地赔不是。

但是这些"不是"，也让他赔得很是舒坦。

因为如果艳染不是艳红，林升迁的身份就没有猫腻，没有猫腻，他对葛蔺晨，对自己，就不会有任何威胁。

这反而是最好的结果。

老姚因为这个结果，决定在林府用一顿便饭。

用之前，他打发走了没事儿瞎琢磨的袖扬，专心哄林升迁。他一直想跟他搞好关系，一直认为他们是要来日方长的，因此即便林升迁嫌弃他，仍然愿意死皮赖脸。

"林大人，老朽年事已高，您莫恼我，莫恼莫恼。"

"滚远点儿！"

一老一少两位大人在院里闹得"不可开交"，院内却没有什么观众。

竹木帘子一掀一落，艳红因为被林升迁笨手笨脚地一通瞎洗，沾湿了衣服，正由九爷陪着，去屋里换新的。

林升迁是个穷知县，耳房简陋得一目可视。床榻左侧立着一只桃木柜子，九爷身量不高，垫了只小凳子，踮起脚尖，伸长胳膊在最上面找了件香色罗裙给艳红，颇有几分羡慕地说："穿这件怎么样？高挑的姑娘着裙就是好看的，我若穿这个，不知要卷起多少层。你……"

艳红一直出神地望着九爷，直望到她跳下来，递了裙子。

"九爷。"

她抱着裙子，软软唤了她一声。

"嗯？"

"九爷。"

她又唤了一声，突然笑了。三分凄然，七分释然。

她想跟她说说心里话。

"您早知道我是谁。"

这是一个肯定句。

九爷早知道她是谁，救的时候不知道，但捡了她一条命回去。

她本可以让她做她的棋子的，撬开这张嘴，有很多很多办法，但是她一样都没用。

九爷无可奈何地笑了一下，回视艳红，那张姜黄色的面皮下，盖着一张绝艳的俏脸和绝顶剔透的心思。

她不逼她，是觉得不舍；不迫她，是觉得不忍。

艳红跪倒在地。她伸手要去扶，反被她握住了，硬要磕下两个响头，她要谢她。

"这一叩，是谢您乱葬岗救命之恩。"

"这一叩，是谢您方才解围，再救我一命。"

艳红抬起头来，跪得笔直，神情和姿态反而都是轻松的，她说："剩下的这些话，我没脸站着说完。您便准我跪着说吧。"

"我是个罪人，您一早就知道。我不知您的来头，见识短浅，也不敢妄自揣测。今次您救我，已是第二次。艳红无以为报，全当着两条命都是您的了。"

艳红告诉乔灵均，自己确实经手过李培玉手中很多账目。

之前的账，一直是交给一个叫作陆离的人打理的。

但是陆离此人心思太过活泛，李培玉信不过他，便将与葛蔺晨、乔培林等人的重要账目交给她来打理。

她说："买卖官员，私吞赈灾粮款。他们是有一笔明账的。到账多少，各分多少，都有记录。账册我备了两本。原账在李培玉手里，另一本，在我这里。"

身上的罗裙被她脱下来，从背后撕开，很快露出一本小账。原来，她一直将这本账缝在每日所穿的衣服上，片刻不敢离身。

在此之前，她想过要销毁它们。

但是每逢吹亮火折子，都会感到踟蹰和不安。

她说："我知道那些人早该下地狱，便是助纣为虐，三缄其口的我，也不该心安理得地活在这个世上。但是我没有能力，也没有胆识将这些东西公之于众。也许……"

艳红抬起头来，直视乔灵均的眼睛。

"冥冥中注定，我该将这本账册留给您和公子。"

乔灵均叹了一口气，将账本塞回给艳红，拉她坐到床边。

艳红有错，错在沉醉金钗银玉的世界，以为依附权贵便可存活。

但是艳红不是恶人，即便不帮李培玉做账，也会有第二个、第三个人来做这本账。

她心里是有善恶之分的。跟一心求财的陆离不同，她留下这本账册，并非想要要挟什么。

"我们在找陆离。"

良久，灵均为艳红重新穿好衣裳，说出了京中廖大人，以及十方的父亲柳大人因为一场假银事件受到的牵连与诬陷。她告诉梅艳红，现在陆离是这起案子的关键。

她相信陆离没有死，可这个人就如凭空消失一样，活不见人，死不见尸。

姚赤诚在茶馆跟赵时言说的话，她和陈怀瑾都听到了。但是以姚赤诚的为人，真的会因为一串珠子，便送陆离全尸吗？

乔灵均说："我们去过陆离过去所住的宅院，院内泥土有被挖开的痕迹。地下的银子，尽数被掏空。陆离从来没有在钱庄存过银票，院子里的那些，很有可能就是他从李培玉手里赚来的全部。"

陆离，一定用他的全部家当，换取过什么。

"您怀疑陆离用银子在姚赤诚那里买了命？"

艳红是聪明人，很快便从乔灵均的话里听出了端倪。

"没错。"乔灵均把玩着艳红长袖上绣的小荷花，若有所思地道，"那片地，是陆离死后，李培玉彻底撤出大兴县才有人来翻的。隔壁婶子说，像官府的人做的，都佩着刀，带着牌。姚赤诚是无利不起早的人，陆离的银子藏在哪儿，他能精精准准地翻出来，除了陆离死前答应用银子换命，不会有第二个理由。"

姚赤诚说，陆离是顺着河水漂走的，很有可能就是在那时，给他留了半口气。

但是河流下游人迹罕至，也无村落。陆离那半口气，能撑到好心人来救治吗？乔灵均不信他有艳红这样的好运气。

况且，陆离的脸，大兴县无人不识。穷苦百姓恨他，必不会救他。当官的知道是李培玉让人动的手，更不可能去触这个霉头。

"所以，陆离只能是姚赤诚折返回来救下的。"

这些天乔灵均看似与陈怀瑾在县内闲逛，实则已将姚赤诚常去的几处老巢都找了一遍，皆无所获。反倒是在这个过程中，误打误撞见了匆忙自萧庭舞坊逃出的艳红，以及手持绣帕追出来的袖扬，便顺势将帕子的事情，防微杜渐了一番，果然在今日派上了用场。

官场上的事，牵一发而动全身，陈、乔二人都习惯了在这种环境中提前解决潜伏的危机。

艳红仍在冥思苦想。

记忆深处有一个答案在呼之欲出，也许就在那儿，但是她叫不上名字。那是李培玉的地方，曾经关押过不服管的官员。山是深山，林是老林，行至山涧，还有流水落泉。

落泉！

艳红猛一抬头，抓住乔灵均的胳膊道："罗泉山！陆唔唔……"

很有可能在罗泉山！

艳红因想到这处地方，瞬间变得通透欢快，语调陡然拔高，说到一半便被乔灵均捂住了嘴。

隔墙有耳，姚赤诚现在还在宅内，若是被他听到了，岂不又添一桩麻烦？艳红也吓了一跳，赶巧在这时，两人听到伙房炸出一声巨响。音量与她的话尾相接，硬生生将她的音量盖了过去。

"怎么了？怎么了？"

小林大人与姚赤诚先后出院，艳红与乔灵均也赶忙赶至伙房。

紧闭的房门前，站着泰然自若的陈爵爷。

一身月色白袍纤尘不染，眼底分明透出几许不解，见了人后很快恢复一派淡然。

"无事，灶台出了一点儿问题，可能要再等片刻方能用饭。"

四人对于这个答案，都露出统一的狐疑之色。因为他身后的门窗，正在大张旗鼓地冒黑烟。

"无事便好。"

这一次，倒是小林大人最先通透了。一面拉着姚赤诚进屋，一面对乔灵均下死命地使眼色。

"灵久，你帮瑾言看看菜，看看菜！"

乔灵均马上反应过来，颔首送走两位大人。眉头皱成一个川字，她有些哭笑不得地问："姚赤诚晌午这顿饭，你亲自做的？"

九爷之所以会这么问，是因为爵爷亲自做的事向来不多，但是方才她们都进了屋，林升迁手下能使唤的"下人"只剩下他一个。

"嗯。"

他没详细介绍那孩子使唤他时，战战兢兢的模样，只说了一个结果。

乔将军不必细问也能猜到七八，卷着袖子跟艳红推开房门，迎面便被一股焦煳的热浪打得晕头转向。

"于是，您就真的自己做了？为什么不叫下人去馆子里叫？"

"我以为我能做好。"

他歪在门板边上。

"你做了什么？"九爷问他。

他面上现出一点儿纠结。

起初是想弄熟玉米，宅子外面刚好有剥下来的玉米粒，倒了半锅。烧好柴火以后，觉得应该放油，便又补了许多油进去。

再然后，锅盖就被爆米花拱开了。

盖子飞到房顶上，炸出一声响。柴火被他用水浇灭，就冒了黑烟。

现在……

陈怀瑾走到灶台边上，看着仍然四处飞溅越堆越高的一锅爆米花问小九。

"它是熟了吗？"

罗泉山是距离大兴县百米之遥的一处小山坳，山势连绵，贯穿行普、焦城二县。

山中无泉却称泉山，是有一处水源与舀木河相通，自石岩山涧顺流而下，似泉似溪，才因此得名。

艳红说，李培玉曾在城中放出话来，称内有猛虎饿狼，不让百姓踏足。

但是山内幽深一处，曾单独搭建过一处僻静牢狱。她只跟着他们行至过山腰，所以并不知晓牢狱的具体位置。

她将乔灵均、陈怀瑾二人带进山内便驻了足，面色惴惴，抓了九爷的衣袖。

"您真的要进去吗？万一有猛禽……李培玉和姚赤诚虽然都知道这处地方，但是山内许久不曾有人居住。漫山遍野，半户人家也没有。"

艳红看着荒山，心里突然七上八下地没了主意，担心自己的提议会让陈乔二人涉险。且此处寂寥，陆离那副半死不活的身子骨，真能在这种地方支撑下去吗？

艳红不知，九爷此生行得最多的便是山野之地。

九爷反手拍了拍艳红的手背，她屈膝拈土，察看了一下四周的湿润程度，与她道："虎与豺狼常居山林茂密之地，是为了在林草之中遮蔽行踪，捕食猎物。先不说罗泉山内只有矮小灌木无老树成荫，就说山涧内这一缕细泉，连绿地都滋养不住，如何养得住食草的活物？猛禽以活物为生，活物无草可食，它又如何有猎可打？长居于此，必然要饿死。"

"而且你看，"她指着不远处两道清浅的竖痕道，"这是车痕，前两日蜀中刚刚落雨，所以留下了痕迹。车前有蹄印，两浅一深，最深处不超半寸。蜀中马体轻，拉重物时后蹄使力便会种下这样的蹄印。若猜测不错的话，这该是匹老马，右后蹄受过轻伤。"

"所以……"

艳红怔怔地看向乔灵均，听见她接口道："所以这山里一定是住着人的。车上有物资，每隔半个月往返一次。也许是姚赤诚在养着陆离，也许是陆离，在想方设法养着自己。"

"真神啊！单看个车印子就能瞧出用的是什么马！"

小林大人没见识过这样的乔灵均，眼里堆满崇拜。

灵均平素是不将这些视为本事的。

久居沙场，探勘地势，揣度敌方阵势本来就是为将者该具备的能力之一。但因久不用这些本事了，忽经夸赞，倒是露了几分快乐。

"粗人自有粗人的用处。"她说得快乐又落寞。

每个人都有所长，文臣的笔墨、武将的刀枪、钦天监的慧眼，在适合发挥的场地，这些所长便就活了。

如果说陈爵爷是官场上的顽主，那么场外之地，便是乔少将军的主场。她是山里的猎鹰，有山有水，便是灵物。

陈爵爷默默看着用竹绳在地上定下方位的乔灵均，闭目细听，她在测风速。凭借听力，寻找洞穴之所。

这般看着，他转开视线望向别处。

风草山貌尽收眼底，巨石裂缝中开出一朵野花，倔强坚韧。

他知道她寂寞。

"你们二人就在此处等我们，听到任何动静也不要出来。"

以竹绳为界，乔灵均为艳红和林升迁做了一道屏障。纵身一跃，与陈怀瑾一起向山的更深处行去。

此时已经将近傍晚，云霞遮了日头，月亮自山的另一头缓缓升起，山色与霞色同辉。烟红要落了，天色渐暗，山岚风起，缭绕出一片似仙似妖、似浓还淡的祥和之境。

陈怀瑾一直跟在乔灵均身后，她行，他便跟着她行。她停，他便守在身后，神色若有所思。他那聒噪的外甥方才小声问他："如果让将军嫁入大院，真的能快活吗？我见她在山林之间就比坊间快活许多。"

言下之意，仿佛乔将军应长居山川大河，翱翔山间野地才是最佳归所。

他给了他一记白眼。

平心而论，他自也是希望乔灵均快活，但是武帝虽未在明面上下达解甲归田的旨意，行动上已逐渐削弱了乔家实权。很多事情还需时间调整，非一时可解。

履前落叶被凌乱山风打散，正自盘旋，陈爵爷遥视灌木枯枝，隐约见得一座石洞轮廓。

二人皆驻了足。

枯枝爬了它满头满脸，像久不经修剪的杂乱长发。山涧内这样的山洞并不多见。四周隐有车痕，比半山腰发现的痕迹轻浅许多，似有被刻意遮挡的痕迹。

"过去看看？"

灵均对怀瑾道。

"嗯。"

陈爵爷微一颔首，随即拎起乔小九的领子，将这个明显打算打头阵的小东西拎到身后。

她习惯事事护人周全，每逢行至险处，都走在最前面。之前在安康村同邓礼那群人的一通死战，便能看出这种性子。

上次逢他重伤，拦不住她"送死"，这次万不能再不看着了。此地虽不像安康那般凶险，仍旧难保掩其不备的埋伏。

"你不放心我啊？"她仰头笑问。

他被看得有些别扭，咳了一声，负手行至洞前。

那是一面丈许高的洞窟，风从洞内吹出来，便嗅进一鼻子潮气。

陈爵爷没急着进去，抬手摸了一把石壁，清冷的水珠很快凝聚在掌心。洞内暗而无光，贸然进入绝非良策。

乔灵均见他自怀中掏出一包雄黄粉，了然道："你担心洞内有蛇？"

陈怀瑾点了点头。

蛇是冷血动物，喜好群居，常在阴冷濡湿之地盘踞。蜀中一带常有毒蛇出没，比之中原草蛇一类更为凶猛。

现在尚不能完全确定洞内是否有蛇，所以为了防止进洞后有"外蛇归家"，先撒一部分在洞口外围。

撩开枯枝时，他愣了一下。

"这里的泥土有被人踩踏过的痕迹，但是不深，枯枝之后有干柴。"

灵均见状顺势跃上洞顶，察看了一下大致形貌，俯耳倾听。

"水流只在洞前三分之一处，说明地下有靠近水源的暗流。暗流的后半段……"

乔灵均自上而下跃下。

"陆离……"

两人共同看向漆黑的洞口。

"应该就在这里！"

陆离是个半死不活的人，舀木河那一场假死，虽然老姚手下留情，终究要在李培玉面前做出一个像样的杀死人的架势交差。

所以那一次的死，也算是死了。

一条命折腾了一大半去，又被安置在这么一片鸟不拉屎、人迹罕至之地。活下来，也算不得姚赤诚的功劳。

要不是他手里还攥着一部分银子，藏在老姚不知道的地方，只怕连干粮也不会得到。

不是没想过离开这个地方，但是他的右腿断了，肩胛骨被穿上了长铁老锁，只够走到洞口外百米。

再远，便要割骨断肉。

姚赤诚的粮食，每次都如湿布拧水一般，一点点地拧，一点点地送。他私下所藏的最后一点儿银子，也如湿布中的水一般，一点点地发放给他。

他是在用银子续命，什么时候银子没了，粮也就跟着断了。陆离心里明白得很，是不再有几日好活的。

然而他仍旧觉得没有活够，总觉得能有机会逃出生天。

洞内隐有脚步声临近，与他相隔半米之遥。他听出这次的脚步声与往常不同，不像是送粮人，也不像姚赤诚。

他是不会进这潮湿之地的。

这里死过太多人，折磨过太多人，他嫌晦气。

那么来的又是谁呢？

陈、乔二人行至一块巨石前便不再上前，隔着一扇石门，他们隐隐听到了笛音。

笛声三短一长，似在唤人，又三长一短，才成一支小调。

石壁上有滑腻窸窣的声音缓慢而至，陈怀瑾心知不妙，拉住灵均连退数步，火把扫向壁顶，果然见到壁上蜿蜒而出的数条毒蛇！

青绿的眼，吞吐的红芯，皆有孩童手臂般粗细。

石门之后笛声渐密，陈怀瑾立时将怀中雄黄掷出。随后长剑出鞘，在毒蛇退避之时迅速将头斩下。

但是，不止这一批。

洞内仍有无穷无尽的毒蛇，自山壁四周疾行而至。

蛇遇雄黄本应畏怯，但石门之后一直有人用笛声操控，以至于毒蛇虽动作略有迟缓，对敌之势却不减分毫。

乔灵均与陈怀瑾腹背受敌，仅有的一支火把，也只能照出一小部分光亮。且毒蛇四散分布，遇光则隐，反而会让他们失去精准的判断。

两人交换了眼神，干脆弃了火把。屏息凝神，陈怀瑾的长剑、乔灵均的九环刀，皆是以快见长的，在笛声再次响起时，迅速在石壁上舞出剑影刀光。

"啪嗒。"

陆离的笛子落到地上，一颗心顶到嗓子眼，显然也被石门外的强悍攻势吓了一跳。他不知来人是什么来头，慌乱之下再次拾起竹笛。这一次的笛音，绵密而杂乱，是在对蛇群下达新一轮的指令。

蛇身韧软，弯曲狡猾，统一成势之后便如万箭齐发。有蛇尸自半空落下，断成两节，落雨一般，又有新的紧随而至。

它们在拼命。

"这样下去不行。"

陈怀瑾护住下意识又要挡在他身前的乔灵均，示意她先行出洞，方才斩蛇之时，他曾在石壁上触到一处凸起。心下猜想当是石门机关所在，众蛇狂舞，主要症结便在驱蛇人身上。

只有打开石门，控制住笛声，才能终止这场无休的对战。

石壁中的陆离，显然也顾虑到这些，更加卖力地加快了笛声频率。

这笛音，是他跟一位自西域而来的老者学习的。老者世代养蛇驱蛇，很有一些独到的本事。罗泉山的这座洞穴阴湿，毒蛇长久盘踞，早已成了蛇窟。因此，他自住下，便有取之不尽，用之不竭的"利器"！

"不行！我走了，你一个人更难应付了！"

石门外的两个人产生了分歧。陈怀瑾的轻功确实在乔灵均之上，但是毒蛇凶猛，稍有不慎便有生命危险。

蜀中蛇的毒液，是穿破皮肉便会致幻的，乔灵均怎能放心他一个人留下？

"我方才见过机关，只要顺利打开石门便可脱离险境。你轻功不及我，留在这里反而会让我分神，放心，我会平安出来的。"

乔灵均顺着陈怀瑾所指的方向，遥遥一视。借着水光，依稀辨得那是山洞最深处，也是最靠近蛇窝的所在。

"太危险了！"灵均蹙眉。

蛇窝深处便是蛇王所在，他们现今还没见大蛇出动，若这是陆离诱引之法——

乔灵均眼见他说话间便要跃起，来不及顾虑其他。

刀刃翻转，在大腿上划出一道深痕。皮肉中渗出的血腥气迅速在潮湿的山洞中蔓延开来。

陈怀瑾神色一凛，很快明白了她的用意。

毒蛇嗜血，嗅到血腥气便兴奋起来。

驱蛇人的笛音，也无法压下这份瞬间腾起的躁动。乔灵均以血引蛇，在蛇群一哄而上的同时，迅速朝洞外奔去。

衣袂翻飞，群蛇出洞！陈爵爷只能朝相反的方向跃进深处。

他只能快，再快，更快，才能保证乔灵均的安全。

与此同时，早在进洞之前，乔灵均便在洞外留了一支火把，待毒蛇跟着她冲出洞外之际，便将火把扔至柴火堆旁。

柴火之下埋有火雷，是她在进去前留在地下的。

但是火雷在炸死蛇群的同时，竟然引发了山石滑坡。碎石自高处落下，势如急雨。

这是灵均没有料到的。

险险避开几座大石，她脱兔一般向一处凹地疾驰。

陈怀瑾听到洞外一声巨响，便猜到她用了火雷，拉下机关冲进石门，拍晕陆离之后立即折返洞外。

乔灵均的动作显然是利落无比的，然而巨石落速同样丝毫不减，饶是身形再过灵敏，也无法全身而退。

"陈怀瑾！"

就在山涧一块青苔老石笔直坠落之时，陈怀瑾突然冲出，将乔灵均严丝合缝地护在身下。

乔灵均听到一声闷哼，立即要起身。然而陈怀瑾用了蛮力，死死按住乔灵均，直到碎石落尽。

洞内蓄势待发的蛇群因为驱蛇人笛声的终止，仓皇逃窜。碎石，也在火雷余震停息之后，归于平静。

烧焦的蛇皮在淡去的火光中，犹自发出"吱吱"的闷响，仿佛留在世间的最后一声叹息。

乔灵均焦急推开巨石，才发现石底竟然是锥形。方才下落的速度加大了它的冲力，以至于陈怀瑾背部和胸腔都遭受重创。他的身子骨，虽不像他素日表现得那般孱弱，到底仍是一具单薄清壮的公子爷身子，在缓过一口长气之后，他背靠巨石，吐出一大口血来。

"陈怀瑾。"

她甚至有些不敢大声叫他。

陈爵爷双眼迷茫了一会儿，还没有完全反应过来。抬起袖子擦了一下嘴角，他蹙了眉，极不喜欢见血，背部与胸腔在麻木的肿胀之后，翻搅起了酸灼的疼痛。他抬眼打量了一眼乔灵均。

他问："你怎么样了？"

灵均说："我很好，你现在觉得怎么样？衣服撩起来，我……"

确定她无恙，他的三魂七魄便跟着找回来了。腰上的痛意让他眯了眼，也让他忆起了后怕。他问她：

"谁让你引蛇出来的？"

神色语气都算不上严厉，但是寡淡的神色和瞬间沉下来的脸，已经足够说明。

他动怒了。

"毒蛇嗜血，一旦咬住便不会松口，你以血引蛇，考虑过后果吗？哪怕只有一条，也……"

"我没想到山石会滑坡。"

乔灵均也知道这次的做法鲁莽了，但是以当时的情势，便算再来一次，她也会这么做。

行兵布阵，尚且不能保住万全，何况在那样紧急的情况之下。

她说："我们都无法确定那块凸起是否就是打开石门的机关，我不引蛇出去，你就难保安全……而且我自来时便埋下了火雷。"

不提火雷还好，提了，又撩起一拨怒火。

陈怀瑾扶住胸口，强压住翻涌的腥甜，冷斥道："火雷在山里是用不得的，你常行军，这点儿道理都不懂吗？我知你事事要强，事事都将人护在身后，可你想过没有？我既不是你的将，也不是你的兵，你若出事，我如何安？"

刚才的情境，他现在想来都觉后怕。

那块石头如果砸中的不是他的背，如果她来不及躲到安全之地，如果砸重的是脑袋……

他不敢深想。

乔将军是个"粗人"，本就不善于安抚。方才一通辩白，好声好气地赔着小心，只因陈怀瑾受了重伤。

但这个受了重伤的人明显越哄越难平气，干脆不哄了，盘腿坐在原地，她打算等艳红和林升迁过来管他。

陈爵爷是被林升迁和艳红扶回山下的。

山脚留了马车，虽比步行快了许多，仍受了不少颠簸之苦。

乔灵均没有跟他们一起走，砍断了牵制陆离的铁锁后，便单驾一匹快马，趁着夜色先行押回了大兴。

陆离这个人，是见不得光的，狡诈油滑，不能交给小林和艳红处理。

灵均回来以后，便将陆离拴到了柴房。陈怀瑾还在回来的路上，宅内无人，她也无心去审陆离。

坐在院里喝了一盏凉茶，她心里开始后知后觉地不痛快了。

陈怀瑾今日骂了她，是破天荒的头一骂。她为将多年，亲娘也没这么冷若冰霜地数落过她。

她诚然有思虑不周之过，但是当时她并不确定圆环是否是机关。蛇群痴缠，她是担心他会被蛇所伤。

引蛇出洞和点燃火雷确实是下策，那样东西在洞中用不得。山石滑坡也在所料之中，只是当时情急才乱了心。

洞边那处凹陷下去的小坡，是石壁斜角处的一块天然屏障，她预判过位置和角度。

当然，这些都难保万一。

想到陈怀瑾身上的伤，心里那点儿不痛快便迅速转移了。卷了两下袖口，她踢开柴房的门，把拴在里面的陆离揍了一顿。

如果没有陆离在里面驱蛇，哪里会有这些杂七杂八的破事儿？

三更的梆子敲过两声之后，陈怀瑾回来了。一身月白长袍已经湿透。乔灵均便烧水捣药，让林升迁把这位脸色奇差无比的爷给伺候了。

陈怀瑾自己就是大夫，素来便有应急药方。

乔灵均按方抓药，依旧没有露面，熬好以后，让林升迁将这些东西端进去给他服下。

九爷不露面，不是不关心陈怀瑾，而是担心进去以后，他再拿话斥她。斥急了眼，她也保不齐要犯混账脾气。

这件事情说到底，都是一句关心则乱。真要论个高低对错，掰扯三天三夜也说不清。

陈爵爷则是昏昏沉沉地睡了一天一夜。

腰背挨着厚棉絮，挺热，也挺疼，所以睡得并不安稳。

蒙蒙眬眬中，似乎还做了一场漫长的梦。睁开眼睛望着床帐顶，天还是黑的，月亮地在房内小几前落了一束白光，竟然还是在夜里。

扶着床榻坐起身，他缓缓呼出一口气。忽然忆起，自己今日好像是骂了小九。

他这人从小便被惯坏了，有点儿公子哥脾气。素来不合心意的事便会闹出一场。但对小九从未说过重话。

埋头自醒，他有些后悔了。

然而思绪回流，又顺势想起他回来以后，被林升迁伺候着沐浴敷药，乔小九连个面都没露的事。

她不露面，他心里自然是不痛快的，拧着眉头想了一会儿。

他琢磨着，我不会是把她气跑了吧？

凡事果然不能细思，一经细思，便觉这事儿怕是要板上钉钉。捂着胸口站起身，他朝紧闭的大门望了一眼。

"那个……"

不知道要叫哪个。

也许是打算叫林升迁，也许是打算叫艳红。这会子不敢叫小九，怕这人真的走了。他被石头砸得几乎五马分尸，怎么拼起来骑马去追？

"渴了？"

门外很快传来一声应和。是道女声，音色于本来的清越中，挂了些将醒未醒的哑意。

是乔灵均的声音。

"啊。"

陈怀瑾呆呆地望着大门。

"渴了……"

最后一个字的尾音刚落地，门便自外而内推开了。

乔灵均打着呵欠抱进一捧小火炉。炉上架着紫砂壶，是一直温着的。

反脚带了一下门，她抱着那炉东西置到桌上，为他倒了一盏出来。

他从她手里接过，还有点儿云深不知处的迷茫。

她一直在他门外守着？

"我想过了，这次是我的错。"

她看着他喝完，接过空茶碗，自己也倒了一盏，"咕咚咕咚"灌下两口，对他道。

她守了他一天一夜，一天一夜里，脑子里过了很多杂七杂八的念头。

就如他气她涉险一样，如果那日引蛇出洞的是他，她定然也会焦急慌乱到破口大骂。

山石滑坡是极危险的事，换作以往对敌，也不会轻易出此下策。

她知道自己这次莽撞了。

但是乔九爷道歉的语气并不好，平铺直叙，生硬得很。因为自此之前，也没跟谁说过软话。道歉之后浑身上下都写满别扭。

提壶倒茶，她又注满一杯，放到嘴边才想起问陈怀瑾："你还喝吗？"

他没说话，她便喝了。抬起袖子擦了一下嘴角，她对他道："明日你回天井吧，让孔老爷子和三娘照料一下你。这边再过几日怕是要大乱，我已经审过陆离了。开始并不肯配合，打了两顿，见了艳红才肯认罪。这人不是什么硬骨头，倒是好办。只是假银还没有着落。"

"假银不急。"

陈怀瑾咳了一声，去拿桌上的小药丸。

乔灵均递到他手里，他又拈着不吃了。

"假银可以让十方和聊聊去诈一下赵时言。这件事情我回到天井会做安排。"

他说得心不在焉，乔小九也没怎么过脑。现在显然不适合说正事，私事好像也没什么能说的。

夜色像为沉默披上了一件外衣，短暂沉寂过后，乔灵均站起身。

"那个……你接着睡一会儿吧。刚过子时，明天我安排车送你。"

"我刚才以为你跑了。"

陈爵爷毫无预兆的一句话，拦住了乔小九的脚。转身回头，她歪了一下脑袋。

"什么？"

"我刚才以为你跑了。"

他又说了一遍，以一种很真诚的语气。

乔灵均看不清他此时的表情，俯身背手，她靠近了他一点儿。

突然就笑了。

"跑"这个字让她想到了脾气暴躁的阿猫阿狗。因为本身性情刚烈，被骂以后要舍弃主人出逃泄愤。

主人这会子显然也自省过了，发现阿猫没走，所以决定哄好阿猫。

"我不该对你发脾气。醒了以后，找不见你，就觉得你可能是跑了。刚才，也不知道是不是刚才，反正就是做了一个梦。梦里还在同你置气，有点儿分不清真假。我躺在床上，你坐在床边，后来想到我回来后你并未露面，那应该是没有继续乱发脾气……以后不会这样了。"

说哄就哄。

陈爵爷的那张脸，素来是招女人爱的。

整体其实并不像一个长情的人，好像突然就能爱谁，突然又能不爱。脾气也同这副长相一样，睿智精狡，或慵懒耍赖。面对乔灵均时，多数时候都是好的，自从爱她，便温润持重了。

此时眼睛专注在她脸上，又露了些许孩子气。

乔灵均看着陈怀瑾那张大病初愈的脸，缓慢地眨了一下眼睛。

这样的男人，用这样的语气想要哄好一个女人，确实是件十分容易的事情啊！

"我也有不对的地方。"

她叹了一口气。

这一次的道歉，不再如刚进来时的生硬了。

暴躁"猫将军"得饶人处且饶人，心里知道这事儿其实谁也不怪。但话仍要递出，上唇尚有磕碰到下唇的时候，哪有不拌嘴的呢？

"我知你是急了。"

少将军语气彻底缓和下来，小爵爷的心就彻底落回到了肚子里。连带方才，疑心她将他送回天井是想眼不见心为静的揣测，也揣了回去。

扶着小桌子站起身，他搭了条胳膊在小九身上。乔小九明白这意思是要躺回去，便架着他往床边走。

软垫枕头堆在床头，他半躺半坐地歪在上面。费了一些力气，是因为真疼。脸色白了些许，没那么虚弱，但是装了一点儿病相。

"我答应你再不说重话。但是你也要答应我，以后不要事事冲到前面。我知道你习惯护人周全，但我不是你麾下的兵。你我二人与旁人是不同的，保护你不受任何伤害，是我的责任。"

男人对自己心爱的女人是有保护欲的。

不论在任何时候，都不会想让爱人去为自己涉险。他惜命，更惜她，因为她是他的另外一条命。

这条命若是没了，会比自己的命没了，更致命。他希望她能明白这个道理。

九爷知道陈怀瑾在装虚弱。

每次，他要同她讲大道理的时候，都会用一些方法。这种方法，也许是胡搅蛮缠，也许是先礼后兵，也许是如现在这样，顺了毛以后循序渐进地让她听话。

多半会左耳朵进右耳朵出，但是这次，她听到心里去了。

伸手顺了顺他的胸口，她问："还疼吗？"

他点头。

她就一下一下地顺，一下一下地揉。她不是一个善于表达自己的人，说不出太好听太哄人的话。心里知道，他护她，如她护他一般，连皮带肉，连骨带心，是不分伯仲的在意。

窗棂动了两下，是外面起风了。蝉鸣虫叫，像忽而知道了里面的"冰释前嫌"，热闹而和缓地开了嗓。

他将她拢到怀里，顺了两下长发，攥了一缕在手上。青丝在指尖一圈一圈地绕，埋头低首，他蹭了她的脸颊，一下又一下。

她被他蹭得有点儿痒，"咯咯"笑了两声，想要躲，又被他拎回来。

"不是疼吗？还有力气拎我。"

他低笑垂眸。

初尝情味，自有诸多磨合接踵而至。毕竟在此之前，都是独立的个体。一个人入侵另一个人的世界，改变一些固化的习惯是需要时间的。这次的争吵，于两人而言只是一个开端，也许之后还会因为一些问题出现争执。但吵闹、负气本就是全天下爱侣都会有的样子。

陈怀瑾次日清早便动身回天井了。

艳红的备用账目和陆离的落网，算是解决了三分之二的难题，剩下三分之一，便在那批假银上了。

赵时言是第二日离开的大兴，葛蔺晨交给他的赈灾粮款还包含临招、富宁二县。赵舅爷认定敲诈李培玉无望，连带对大兴这片水土也生了厌烦，便浩浩荡荡地上路，顺着仓绫官道便朝临招而去。

临招的县官马木成是位识时务的主，比林升迁、姚赤诚等人更会阿谀奉承，每次分割完粮饷，都会再补给他一点儿"心意"。

这般想来，终于让他变得快活了。歪在宽敞舒适的马车里，赵舅爷跷起二郎腿，还哼出几句蜀中小调。

可惜这调子才刚拨高，就被败了兴致。刚出官道几里，他们的车马便被一拨土匪给拦住了。

粗粗看过去，有二三十个，粗布麻衣裹在粗壮的汉子身上。有佩刀，有长枪，一看就是有点儿势力的大匪。

赵舅爷素来在蜀中一带横着走，上路从来只带十几个人，被土匪劫道乃是破天荒的头一遭。

掀开车帘子探出一颗脑袋，有些好笑地问："吃了熊心豹子胆了？知不知道我是谁？"

蜀中赵舅爷是黑白两道都出了名的。

出了名的没用。

也出了名的是葛蔺晨的"皇亲国戚"。前一条可以不以为意，但是后一条，就算穷到吃草啃树，也没人有胆子动葛总督的人。

然而这次这拨，显然不惧怕这个。不光不惧怕，甚至是直奔着他来的。

"赵舅爷这话说的，咱们当然知道您是谁，不知道，就不用顶着大太阳在这儿等着了。"

为首一名小姑娘驱马上前。马蹄子溜达得跟主人此时的兴致一样，悠懒闲适。蒙在脸上的黑布，也被她就势除了。挺周正一个孩子，十五六岁，圆脸樱唇，但是眉眼生得非常野，看过来的眼神，称得上放肆。

"马聊聊？"

赵时言一眼便认出了这人是谁。三年前在大兴的时候，他便见过这个丫头，胆子大得像裹了猪油，敢明目张胆地在大街上喊姚赤诚的名字。

那会儿她刚在蜀中站稳脚跟，有兵有刀，摆在明面上跟姚赤诚谈了一笔生意。

是位天不怕地不怕的主。

然而这个主儿，按说跟他该是没官司交集的，何故跑来这里触他的霉头？

"哟，原来是马大当家的。怎么，蜀中这片的商贾都抢光了，将算盘打到官家身上了？那你该去抢老姚，你们是老熟人，没准不用费兵费卒，他就自愿给了银子供你。还是说，你看老姚那张脸看够了，想我了？"

赵时言对马聊聊是一万个不害怕，他不信这小蹄子有这么大的胆子敢抢他。吊儿郎当地吐出一串"俏皮话"，他还对着马聊聊挑了挑眼梢。

这蹄子有一副好长相和一只杨柳腰。赵时言从脸看到脚丫子，并不介意马聊聊"想"他。

"放你娘的狗屁！也不撒泡尿照照自己什么长相！"

二当家的爱聊聊不是一天两天的事儿了，打从她变成寡妇，他就日夜盼着她能看出他的英俊。赵时言用言语和眼神轻薄聊聊，自然就是他"英雄救美"，显示气概之时。

殊不知，这气概，用"狗屁"和"撒泡尿"等词汇一堆积，就瞬间沦为粗俗一流了。马聊聊本身就已够粗俗，所以并不需要更加粗俗的人来配她。

转头在马上歪了一点儿身子，她在看众匪之侧靠在树下嗑瓜子的某位少爷。

二爷最近很喜欢吃一些小零食，不是因为本身喜欢，而是他喜欢的那个人喜欢吃这些。他许久没见那人，便以此作为念想。

马聊聊不知道今后若她想二爷，是不是也该嗑瓜子儿，反正这注定是一个我喜欢你，与你无关，你要喜欢我，那真是皆大欢喜的故事。她现在并不确定是否就爱死了二爷，皮相是一定爱的，因她没见过那么人畜无害的长相。

但非要说长相，天井那位面带病容的爷，是更胜一筹的。马聊聊此次就是接了那位的授意，赶来截住赵时言的。

但是那位……她不敢想，觉得瘆得慌，觉得那种好看，是近乎妖鬼一类的，只敢远观，不敢生出她对二爷的这种，想要"亵玩"的冲动。

她没那个胆子。

"赵舅爷既然还蒙着，便将道理讲讲清楚。讲明白了，便就绑了，日头太大，我受不住。"

二爷见聊聊看他，便出声指点了一下。聊聊正是在想接下来的词儿，有点绕口，需要一些空当回忆起来。

这会子想起了要说的词儿，便通透了。挨着马车窗户，她靠近了赵时言。

"不瞒您说，今儿，还真是姚大人让我来的。他觉得，前些时日分的银子太少了。心里难过了好些天，觉得当面跟您说，您必定是不肯给的。也不好意思张这个口，便找我来了。"

"李培玉过去跟您，是四六分账，姚大人这次，也想跟李大人平起平坐。大兴这边是不好打理的，葛大人那边若是问起来，他也得帮忙搪塞不是？这个风险担起来，跟李大人当年是一个分量，既然是一个分量，自然就没有少分的道理。"

马聊聊的声音不大，仿佛是打着商量而来的，但赵时言此时再看那帮匪众的架势，便觉事情可能是不妙了。

但是他也不是好糊弄的，架出一条胳膊搭在窗户边上，他冷笑着问马聊聊："姚赤诚有这么大的胆子？他不想活了，还是以后的买卖都不跟我做了？李培玉就算走了，他在我赵时言面前也是一个孙子，哪儿就到了他翻身叫板的时候？"

"他当然是翻身了呀！"

马大当家今日的耐性是非常好，跳下马来，干脆一头钻进车里。随手将长刀往赵时言的脖子上一架，她和和气气地道："林升迁是新来的后生雏儿，没手腕，也没后台。除了老子家有点儿银子底，对官场是一无所知的空白。大兴天井这一片，他撑不起来。往后自然就是姚大人做管事。再说葛大人的性子，素来是谁也不信。往后这两县的买卖和信件，您说是跟林大人通气通得多，还是姚大人更可信呢？"

赵时言的脑子轰然木了一下。

架在脖子上的刀，沁凉冰冷。外面的天，是炭烤火灼的热。冷热交叠在一块，让他的心也跟着一冷一热地冒出了虚汗。

马聊聊这番话说得并无道理。这些年来，他太习惯当姚赤诚是条狗了，卑躬屈膝，摇头摆尾。偏偏就忘了会咬人的狗不叫。

如是又联想到李培玉走时，姚赤诚的欢天喜地。那时他们两个都喜，是因李培玉那条鬣狗霸占两县多年，上下都吃得开。李培玉走了，便就此松了一块残肉下来。

然而这块残肉，姚赤诚早就惦记多时了，可以继续跟他赵时言分，但是要分得跟鬣狗在时一样多！

"狗东西！居然算计到老子头上了，他……他！"

"他"了半天，赵舅爷也没寻找到一个贴切的词汇。他有点儿被气蒙了，浑浑噩噩地上不来气，仿佛一个大口喘息的人，突然涌上头脸的窒息。

"老子没钱！你回去告诉他，想分四成，等我死了吧！"

赵时言如今被刀架在脖子上，依然硬气的原因，是赈灾粮款和之前分到的银子都存在钱庄里。钱庄要人和票据全到才能放银。他手里现下是一个大子儿都无的。

姚赤诚想要银子，就得当面见他。届时见了面，他非将他骂个狗血淋头。

至此，赵舅爷都将姚赤诚看成一条狗。狗现在找了一群狼狗来问他要肉，他怎么甘心将银子就这么送出去？

再说了，姚赤诚不来，谁能证明马聊聊的话就是真的？没准就是她要银子花呢？他若是给了，她拿了银子带人一换地方，漫山遍野都是这群野人的地盘，哪儿找去？

"那您可是见不着了，但是姚大人说了，让我们好好招待您。我呢，是个粗人，除了刀子和拳头，也没旁的本事。左右是不敢剁了您的脑袋，僵持下去又实在太热。您就委屈一下，到我那儿坐坐吧？"

聊聊该说的说完了，后面的事儿便是自己极擅长的了。拳头一挥，她打晕了赵时言，随即纵身跃出车外，将余下的几十个打手一并捆好，扬长而去。

与此同时，大兴县不知被打了旗号抓了赵舅爷的老姚，正在烛火下看陆离送给他的猫眼石串珠子。

这珠子说起来也不算是送的，是换的。陆离用他的全部家当跟他买了命，他很是引以为傲了一段时间。因为他从没赚过这么省事的钱。

然而前段时间赵时言的问询，又似给了他另一条赚钱的灵感。赵时言跟陆离，或者说，赵时言、李培玉和陆离，一定有什么他不知道的猫腻。

陆离已经是榨不出什么油水的豆子了，但是若这颗豆子在榨干之前，还能为他提供出一条新的赚钱之道，他真的不介意再给他几年好活。

而且，"要是跟李培玉有关……"

姚赤诚嘿嘿干笑两声。

若是他能敲上李培玉的竹杠，那之后的日子，还怕不滋润吗？

姚大人是个身体力行的人，想到这一层，便兴奋了，突然在椅子上坐不下去，扬声喊了一嗓子："来人。"黑灯瞎火就带着廖成举和几名衙役上了罗泉山。

过去他是不肯来这个地方的。这里是李培玉的另一个牢房，曾经关押过几名书生意气的年轻小官。小官们因为小，所以尚存良知，发现蜀中的贪腐之风后，竟然要联名上书到京城。

这自然是没有好活的。

连打带踹，死了几个，剩下几个识时务的，也就成了他们之后的左膀右臂。

姚赤诚进山才想起这里的邪性，无端后怕，像死了的那些化成了鬼，会捉他，行至洞口便不肯进去了。

里面养着的陆离，也是一副不人不鬼的模样。他并不太想见，又不得不见。所以来时让廖成举带了一些水和换洗衣物，让他将人收拾出人样再带出来。

姚赤诚没有想到，廖成举会这么快去而复返。

火把堆前，老廖的脸色是纸一样的惨白。鼻尖都冒了一层汗。支支吾吾了半晌，他说，"姚大人，陆离……不见了！"

"不见了？"

姚赤诚本坐在衙役搬来的大石头上，乍一听到这个消息，猛然一站，竟是一阵双眼发黑。缓和了一会儿，才算清明。

"怎么不见的？什么叫不见了？他身上拴着链子，穿到骨头上的。山里能有什么样的利器，让他磨了链子跑了不成？"

廖成举说："是被刀砍断的。应该不是自己走的，像是被人……"

"被人救出去的？"

这更加不可能了。

姚赤诚瞠目结舌地冲进洞穴，没看路，脚下一滑，摸了一手的死蛇。陆离会驱蛇他是知道的，因此惯常觉得这人如蛇一样黏腻阴寒。衙役们冲进来扶他，照亮了洞内。他看了满眼壁上的刀痕剑印。胸口一阵郁结。这是来人了，这是来了练家子了啊！

又在这时，在周遭查验了一圈的廖成举冲进来汇报，说是在洞外见到了使用火雷的痕迹。火雷炸死了蛇群，引起过山石滑坡。

老姚几乎站立不住，险些坐到地上。

他现在腿脚发软，隐约有一个答案在心里，不敢细想，不能细思。

可不想不思，仍然绕在脑子里。

九环刀可切石断骨，宣尘剑无坚不摧，火雷，那是柳十方从不离身的物件。

"上次你进山，有小孩儿说主事的是女人？"

姚赤诚一把抓住廖成举的胳膊，双目圆瞪，像要吃人。

"是……"

廖成举被吓得退了一步。

"那个女人……是马聊聊啊！"

他上次不是回禀过了吗？

"马聊聊？你可让那孩子认了，那女人就是马聊聊？"

廖成举回说："这倒是不曾认的，可是当时也无其他可能了。"

"无其他可能，无其他可能！他们要的就是无其他可能！你个糊涂东西！"

而被囚禁的赵舅爷还是没觉得不对劲，只是反复疼痛，接下来可能真要出真银子了。

陈爵爷于两日后收到了马聊聊着人送回的假银。

大兴山下已然闹出了动静，这是意料之中的。姚赤诚在赵时言那儿听到风声，不可能不去找陆离。他们当初就是想顺水推舟，顺着姚赤诚那条线，摸到陆离的下落。艳红的"投诚"，比他们想象的要快，所以先姚赤诚一步，带走了陆离。

但是姚赤诚这边的动作也并不慢，紧随其后就通知了乔培林。

陈怀瑾估算了一下乔培林带兵上山的时间。

从四川到大兴，至少五日路程。五天时间，足够他将山内百姓从仓绫入口转移到山下。届时将假银和一干人证交到六皇子手中，京里的案子便能结了。

他没有想到，乔培林的兵会到得这样快。

"公子，官府来人了。"

孔老爷子推开门进来，险些在门槛处被绊倒。

陈怀瑾身上有伤，无法立时将他扶起，只能命虎头虎脑二人将人搀扶过来。

官府来人了，长驱直入撞开了城门。这一次没有任何盘问，直接将村内老少捆在了空地中央。洞里的吃食已被尽数翻查出来。刀横在百姓脖子上，完全没有逃窜的余地。

四川知府乔培林亲自带兵过来了。

孔老爷子说，他是听到动静就飞速跑来报信的。三娘她们被抓了，他知道这批人是奔着公子和九爷来的。他要死不活地过了这许多年，如今就算真死了，也是饱着死的。他记着他们恩德，村里的百姓也记着！

所以他们不能看着公子死。因此指使虎头虎脑，立时收拾行李，打算将公子从官道送出去。

与此同时，乔培林已经坐在椅子上很久了。

椅子的正前方，杂七杂八地跪着二十多号百姓。老人、妇人、稚童。没有一个壮丁。他倒是真想知道，那三位大人，是怎么让这些人逐一活得圆润白胖的。

上身向前，他将胳膊肘分搭在叉开的两条腿上，叹了口气，说："我是父母官，自来是为百姓们好的。你们过得舒坦，便是我过得舒坦。但是我近些时日做了噩梦，担心你们之中混进了坏人，这才都拉将出来，盘问盘问。"

"山洞里的粮食，别再跟我说是马聊聊送过来的。她那手下，一共三十来号人，就是天天往你们这儿送，也不可能堆出这么大的数量。四合院里住的那三位去了哪儿？硫黄粉、香木炭、灵芝片、野山参，可不是区区几个土匪享用得起的。"

乔培林这次之所以到得如此快，不是姚赤诚的消息送得及时，而是自己本身已在他放出书信的第二天，带兵抵达了大兴。

葛蔺晨一直没对天井彻底放心，那拨匪闹得实在太蹊跷了，甚至让他对老姚都疑了心，逼着乔培林带人走这一趟。

乔培林起初是不以为意的，面见了慌成蚂蚁的老姚，才暗暗心惊，还好是来了。

三名衙役手中各自提了一张画像，分别是陈、乔、柳三个人的小像。他逐一命人将画像在百姓眼前扫过，依旧维持着一副和气的菩萨相。

"都见过的，对吧？"

起身背手，他将三娘家的小儿子一把捞到跟前，慢声细语道。

"哪去了？知道吗？知道的话，就有糖吃。不知道，就杀了你娘和村里的婆婆婶子。"

孩子一听就吓哭了，胡乱摇着脑袋。

乔培林靠近他嘴边，听到一声含糊其词的"不知道，真不知道"。

"不知道啊。"

他咧嘴一笑，抬起一脚踹上三娘的肚子。三娘双手被缚，无力躲闪，硬生生吃下一脚。唾沫混着血浆顺着张开的嘴流出。她挣扎着爬起来说："大人，别为难孩子。"

"大人怎么会为难孩子呢？"

乔培林似笑非笑地走到三娘跟前，将她扶正，跪好。自己则蹲下来，循循善诱道："那么便来问你吧。孔二又去了哪里？你们都知道他们藏在哪里，对吧？明白一点儿说，整座山，我都派兵围了。他在山里，就是插翅难逃。你现下不说，等下我们抓了来，你也不会有好果子吃。"

乔培林派兵围住了整座天井山，山上山脚都有人驻守。川蜀军营的人可不同于普通衙役，那是真刀实枪的兵，便算是三人合力，也是无法全身而退的。

而且乔培林这次做好了一劳永逸的准备。他比没见识的姚赤诚胆子大，打算直接将人杀了，伪装成剿匪事件。陈怀瑾越权来蜀，无人知他是苏州太守，那么便当这人没人认识。杀了，死了，也归不到他们的过错。

但是他们将四合院翻了个底朝天，仍然没有找到任何踪迹。

陈爵爷实际上是在北风山涧。涧边有一活泉，烧煮之后配合草药，有缓解疼痛、活血化瘀的疗效。

他回来以后，便住在那里。山涧离村不远，但是七拐八绕十分隐蔽，因此乔培林动用了一个营的兵，也没有找到。

孔老爷子说："您走吧，留得青山在，不怕没柴烧。我们这些老骨头都是不值钱的。有命活着，多谢了您的温饱之恩。如今没了，也不觉得可惜。这两个孩子，您若不嫌弃累赘，便带出山去吧，也算给我们天井城留下了最后的命脉。剩下的……"

孔老爷子一擦老泪。

"我们替您扛着。一个字儿也不会说！"

陈爵爷心中一阵酸涩。他知道天井的百姓真心将他们视为亲人，川蜀一行三个月，九十多天的相伴相依，他也早已将这些人当作自家人。

攥住孔二的手，他说："老爷子，我自幼亲人去得早，来了便将您视为亲人。如今有难，我弃你们于不顾，岂非成了不仁不义之徒？乔培林他们要找的，只是我这个人，我出去了，你们就不会受牵连。"

陈怀瑾的身子骨，近些天刚恢复些许。站起来仍旧吃力，但是他行得坚定。不想孔老爷子竟跪到他面前。

"不行，您不能出去。三娘他们已经被抓了，您不能去，我们死不足惜，不能……"

"老爷子……"

乔培林的耐性是有限的，用光以后，便堆起了满脸的不耐。

他方才统一问了一遍，得到的答案全部是："不知道。"

不知道。

他仰头笑了一声。

他也不知道这帮人怎么忽然就有了这样的胆子，敢跟官府对着干。那就别怪他心眼不好了。

乔培林坐回凳子上，对廖成举说："打吧，留一口气下来，就一小口，能喘气说话就行。还有那个三娘，我看她是个硬骨头。硬骨头要多见见光，尝尝暴晒的滋味才可以。"

说完以后他一指城门楼子，"就挂到那上边，动手的时候温柔些，毕竟是女人。"

乔大人的话，说得是十分体面的。然而手下人知道他口中所谓的温柔，只是一句无关紧要的形容词。

他们扯住三娘的头发，拖行数米，孩子老人妄图阻拦，都在同时挨了无数拳脚。这是一拨弱势群体，老人的骨头是松的，孩子的骨头是脆的，松和脆带来的最直接的结果就是，剧烈的疼。

但是这种疼，并没有湮灭他们心中的硬信念。没人肯供出公子所在，没人肯供出二爷和九爷去了哪里。跟孔老爷子一样，他们在活得最不像人的时候，被三位恩人养活成了人。这命便算偷的、续的、借的。

现在他们认还！

山上骤然卷起疾风，衣袂翻飞，于平地之上划出一道剑光。拖着三娘的廖成举还没来得及做出反应，便生受一掌，紧接着听到一声骨节断裂的声音。

他的胳膊被废了。

衙役精兵的拳脚也在同一时间被外力震开，跌了一地。空地中的老人孩子趴伏在地上，愣愣地看着那位月白长衫的公子，瞬间落下泪来。

他来了，他还是来了。

孔老爷子在后面追赶得上气不接下气，眼见公子挡在人前，一时竟不知该慰该叹；脑中混沌一片，只能跟虎头虎脑二人前去扶起村民。

陈怀瑾站定以后便觉喉内涌上一股腥甜，强自忍下不适，他轻拢长袍，遥遥一望不远处的乔培林。

"你找我？"

乔培林暗暗咽下一口口水。

他是要找他，抓他，条件允许的话，还要杀他。这是一个大胆的想法，为了保住葛蔺晨以及穿成一条线的他们这些"蚂蚱"，必须付诸行动。

但是当陈怀瑾真正出现以后，他又莫名其妙地生出了怯意。他将这点儿怯意，归结到官职大小上。

他是从四品知府，陈怀瑾是正四品太守，且有爵位在身，所以他怯他，也是应该的。

当然，也有很多不应该，比如，他越权查案；比如，他擅离职守；再比如……

"你坐吗？"

陈怀瑾径直走到乔培林跟前，眉目里三分寡淡，七分惫懒。他的脸上依稀可见病容，通身气派却让乔知府瞬间忘记了方才的"比如"。

"不……不坐。"

他甚至下意识地抬起袖子，为他擦了擦椅子上莫须有的灰，连带方才想将错就错杀了他的想法，也跟着吓没了。

陈爵爷坐下，抬手支头，歪了一侧身子压在扶手边上，背后的伤和胸腔的不适让他感到呼吸不畅。复又看了一眼乔培林。

"去沏壶茶来。"

乔培林愣了一下，想到自己这次过来是"问罪"的，嘴巴开合，终是咽了回去。

四合院里的红泥炉子被端出来了，他就蹲在地上烧火煮茶。一小撮茶叶下去，便溢出了浓浓的茶香。

守在边上的手下情不自禁地咽了口唾沫，不是馋的，而是从未见过乔培林在除葛蔺晨以外的其他官员面前，如此卑躬屈膝。他们不是来抓陈怀瑾的吗？抓人之前，还得伺候？便是空地上的百姓，也被扶着，坐在了光滑的大石头上。

但是他不敢将疑问说出来，因为他也怕得够呛。时至今日才明白，正统官门的排场，不是人多势众，而是以一人之力，便可威震全场的气派。

茶煮好了，乔培林双手敬上。爵爷接过来，挨着他问了句："你找我干吗？"

"我……我……"

这可真是新鲜事。他越权来蜀，竟好似是来游玩的。

"那个……"

乔培林隔着官帽蹭了蹭头皮，现在里面全是冷汗，反倒不知道怎么问了。

"你觉得我越权，动了你的地方。"

陈爵爷替他说完。掀开茶盖，他刮了两下浮起的茶叶，喝了一口。

"奉旨办事而已。蜀中的案子，圣上交给我来查了。"

他说得简明扼要，逐字逐句都敲在乔培林的心头。

奉旨查案，蜀中，廖庆芳的案子？

乔培林知道，陈怀瑾这一遭已经掌握了不少证据。若真如他所说，是奉皇上之命盘查的，那他们……

乔培林不自觉地退后几步，心里发虚，又退了几步。

"那您……"

在此之前，百姓是并不知晓陈爵爷的来头的。只以为他和九爷等人是江湖侠士，从未将几人当作官场中人。因为官怎么会抢官呢？他可是带着他们做了土匪的。

可现今看来，竟是来头十分之大的人物。乔姚二人站在他的下首，正如两名年纪过大的儿子，脸色由红转白，由白转青，等待亲爹教育。

然而乔培林也并非完全无脑，退出几步之后，又自站住了。

他说：“您查案，定然会有信物。下官们虽官职低微，仍要按章程办事。圣上既有旨意，那么——”

乔培林抬头，对上陈怀瑾的视线。

“请爵爷出示印信！”

乔培林此时只能孤注一掷了。他大张旗鼓地派兵围山，就是算定了圣上不会给陈怀瑾特权。三皇子的谋士聂六，一直跟他们有书信往来，未在苏州听到任何动静。且苏州也有一个“陈怀瑾”，那便说明，明面上，是不能有大动的。

可没有大动，又不排除这是一招引人耳目、引蛇出洞之法。

乔培林心里没了主意，唯今之计，只能确定印信是否为真。

“印信？”

陈爵爷缓慢地自怀里掏出一只手掌大小的印。章底刻有龙纹，印体白中荡青，类似老玉。

乔培林迎光远望，看得并不真切。陈怀瑾亮出以后，又自收了。

“爵爷！”

乔培林怎肯轻易就信了印信为真，左手搭在右手上，他紧张地抱了拳，对陈怀瑾道：

“可否，给下官一观？”

午后斜阳刺得人灼痛，陈爵爷背光而坐，悠然自若。乔培林迎光而立，双目刺得灼痛，反而不敢久视，说完那句便讪讪地低下头。

“想看？”

陈怀瑾的声线，是年轻中兼挂一点儿懒倦的。十九岁的少年太守，平平淡淡地与官场老手对视。

“那就自己来拿吧。”

乔培林想当然地希望那只印信是假的，可看陈怀瑾的自如之态，反而感到惧怕。而且陈怀瑾会武，若印信是假，他诱他过去，只为挟持他下山，岂非羊入虎口？

一番权衡之后，他唤了一声：“秦牧。”

秦牧是葛蔺晨派给乔培林的贴身内侍，身家功夫不错，江湖出身，自来就有几分天不怕地不怕的胆识。

叫完之后，乔培林又担心他太鲁莽，惶惶不安中，又加了一句"你去请了爵爷的印信，要恭敬"。

陈爵爷将视线落到秦牧身上，心中暗暗思忖，此人呼吸清浅，说明内力不错。腰间佩剑是寻常官剑，习武之人最在意武器是否称手，长剑如此随意，说明不善长攻，衣袖之内，必定藏有短刃。

陈怀瑾大病初愈，不确定胜算有多少。他的印信当然是假的，若跟秦牧拼力一搏⋯⋯螳螂捕蝉，黄雀在后。乔培林带来的蜀中官兵，可不是吃闲饭的。

"爵爷，请您的印信。"

秦牧已至身前，手掌向前平伸，竟然直接入怀就要探取小印。他是葛蔺晨的人，自来便不将外省官员放在眼里。乔培林怕陈怀瑾，是知道他有爵位在身。他不识得陈怀瑾，只听命于川蜀总督，因此并不怵他。

陈怀瑾冷笑一声："倒是第一次见这种'请'法。"

随即反手压制，接了秦牧一掌。

习武之人的耳力素来惊人，秦牧听他内息不稳，便猜出身上必然有伤，紧随其上，再次向怀中探去。

众人只见二人拉开长距，皆自平地跃起，于空中连对数掌。落地之时，秦牧呕出一口血来，陈爵爷虽强自忍耐，也露了虚浮之态。

乔培林见此情景，心中暗喜。陈怀瑾不肯交印，那就说明——

他递了一个眼神给秦牧，秦牧立时会意，再次发起攻势。

此次再接，便不知能不能扛得过去了。

宣尘剑出鞘，陈怀瑾与秦牧短刃长兵相接。持剑者快若游龙，持刃者步步进逼，短刃在剑身上擦出无数刀光。初而上去，二人似是不分伯仲，实则陈爵爷已在气力上落了下风。

他是以内力见长的，全力迎战，秦牧必不是他的对手。可惜此时有伤在身，只能见招拆招。长此久战，定然会露出破绽。

乔培林暗暗向后退去，草丛里蛰伏着川蜀兵营的弓箭手，只要一声令下，便可将陈怀瑾扎成一只刺猬。

手掌抬起，他正要下令，忽见一人踏叶而至，以万夫不当之力横切至陈、秦二人之中。九环刀于灼日之下晃出一道刀光，一招披星戴月直奔秦牧面门而来。其凛冽之势，逼得秦牧接连败退，短刃被击落，待要拔剑相应，脖颈处已经架上一柄长刀，刀口直指静脉处，再多半寸，便会见血。

"他的身，我尚未探过，你算哪根葱？"

来人一身红衣，初初看去不过十五六岁，分明稚气未脱，生就一张孩儿面，眉宇之间却自有一派飒爽英气。

乔灵均迎风而立，反手收刀，一掌击飞秦牧，看向乔培林。

"你的豹子胆，又是在哪里吃的？"

"乔……乔将军！"

乔培林抬起的手掌缓慢地落了下来，心里明白，自己确实是为围剿他们而来的。如今三个人见了两位，却已骇破了他的所有胆识。

他动了他动不起的人。

而且乔培林发现，便是有胆识动，也动不得了。随着乔灵均的到来，山上骤然涌入一队兵马。他认得那身公服，乃是太守府的亲兵内卫。苏州太守在上任时便配有内卫军，不是每位太守都有，而是陈家世袭爵位，独立享有军权。

这些内卫其实是陈爵爷调来保护乔灵均的，山下闹出了动静，姚赤诚必不会善罢甘休。柳十方带马聊聊探查假银，无暇支援。姚赤诚动的又是正统川兵，他怕她出事。

现今乔灵均带兵上山，陈怀瑾便知，陆离与艳红、升迁等人，必定是安全了，心下松了一口气，便觉有些脱力。

"将军……"

乔培林犹自瞪目，乔灵均无暇理他，不动声色地扶住陈怀瑾，关切道："你可好？"

陈爵爷摇了摇头，额头已沁出薄汗。孔老爷子见状，忙将椅子搬至他身后。

三位主犯见了两位，"讨伐"的"将军"却已吓成了软脚虾。乔培林攥紧一手冷汗，嘴里还有一句话在扑腾："那印信……"

只剩下印信了。

太守府的兵也好，一品骠骑将军也罢，再大的官，也要按章程办事。

他只能赌那印信是假。

"见到人了吗？"

陈怀瑾坐在椅子上缓了一会儿，与乔灵均耳语："见了。"

灵均颔首，端了一盏茶与他，随即向他怀中一摸，掏出一只小印。她袖中另有一只，翻手之际便调了包。挨着陈怀瑾靠坐在扶手上，她有一下没一下地上下抛掷着，问乔培林。

"若是真的，你怕不怕？"

乔培林没作声，两只眼睛直愣愣地盯着她的手掌。

怕，当然怕。但怕得不死心，一定要见了、摸了，才肯认命。

"接着。"

随着一声冷笑，乔灵均竟是将印信直接掷到了乔培林手里。

乔培林凝神细端，祥云、盘龙、正中一个"赵"字，正是当今圣上的私印！

他们居然真的是奉旨而来的！

"将军，爵爷，下官……"乔培林"扑通"一声跪倒在地，脑中浑噩一片，不停辩解，"下官只是按规矩办事，万般没有不敬之意啊！上头的案子，之前是说不让查的，我们……姚赤诚！你倒是说话啊！"

姚赤诚早在夺印之时就吓瘫在地上了，此时听到乔培林唤他，心里知道，这是没有好活，要拉他下水了。

然而这水，又岂止是今天才下的？从他接了蜀中第一笔赃银以后，便再脱不了干系。

弯腰伏地，他本是想给两位大人磕个响头的。可惜周身瘫软，没能磕响，直接趴在地上来了个五体投地。

乔培林说："爵爷，您既是奔着这次的案子来的，下官便回去通知一下葛大人。京里的案子，是大案，若要审查，也该是三堂……"

他暗暗观察着陈怀瑾的脸色。

便算京中有暗旨查访，陈怀瑾作为四品朝官，也没有统审的绝对权力。除非——

茶盏在小几上落出一声轻响，陈爵爷侧目，对乔培林道："圣上已经下旨，令六皇子全权审理此案，葛蔺晨现在，应该已在渡江口接驾。你不必操这心了。"

陈怀瑾早与赵久和通过书信。

蜀中这件大案，牵一发而动全身，再精细地暗查，也难免走漏风声。半个月前，他便请六皇子向圣上请旨，要求彻查此案。兼并转交上去的，还有李培玉、姚赤诚、乔培林三人的账目细则。

皇上就算气他先斩后奏，也不得不放权。因为从一开始，他就没打算真的杀了廖庆芳和柳致远。不然天子之怒高于天，何必再等到秋后？

只是这印信，到得晚了一些。乔灵均掷到乔培林手上的才是真的。

她赶去渡江口见了六皇子，陆离和梅艳红也被她放到了那边，快马折返，就是担心山上出事。

如今看来，还好是赶来了。

陈爵爷的伤势不能久坐，招手与内卫陈崇，吩咐道："四川知府乔培林，监守自盗，伙同姚赤诚、李培玉等人，贪污纳贿，着令收押。至于京内假银一案，待六皇子抵达大兴，再开堂立审。"

陈崇得令，迅速将姚、乔二人拿下。

村内百姓虚惊一场，犹在梦中。眼见着当官的被卸下官帽，统一被捆进山洞，仍回不过神来。

他们记得，公子好像是爵爷？爵爷是多大的官？九爷是将军？女将军……他们是有所耳闻的，放眼整个奉天朝，就那么一位。

那二爷又是什么来头呢？

这么没头没脑地琢磨着，突然就不知道该不该上前问候了。

他们是官，不得了的官。他们是平头百姓，低入尘埃。身份的高低，致使他们也跟着生了怯意。

这种怯无关于怕，而是如见神祇的紧张与惴惴。

"老爷子，刚才没摔着吧？"

神祇反而不以为意，官府的人都退光了，便自椅子上站了起来。

孔二慌得连忙要跪，被陈怀瑾一把拉了起来。

"三娘怎么样了？"

他又去看三娘。

逐一寻了一圈之后，发现都没伤筋动骨，这才放下心来。

百姓们都看着他，他就带着乔灵均坐到了他们中间。左右四顾，他有些好笑地说："我们还是我们。愿意叫当家的，还叫当家的。"

不知是谁跟着笑开了，旁的人便也跟着笑了。再端公子九爷，又似与方才大不相同了。对着百姓，他们是没有官气的，歪在石头上的爵爷觉得有点儿热，站起身来拍拍土，对没遭罪的虎头虎脑说："要不……弄点儿稀饭给我吃？"

一句轻飘飘的"家常话"，将彼此的距离再度拉近。

他们在百姓面前并不想做官，人还是那个人，心还是那片心，这就比什么都珍贵。

陈爵爷在屋里等饭的当口，顺便把乔灵均熬的药一并喝了。

喝药这件事，于他而言是驾轻就熟。熬药一事于乔将军而言，也成了家常便饭。

喝过以后，两个人便自屋内一靠一坐地歇下了。

陈怀瑾背靠软垫，看着乔灵均从怀里掏出那只假印，张嘴就嚼。

这玩意是萝卜雕刻的，水头挺丰足，咬起来"咔咔"作响。

灵均说："你胆子够大的，如果我没能赶到渡江口，从六皇子手里拿到真印信，没及时上山，你准备怎么办？"

皇上御赐的小印都敢作假，被人抓到证据，岂非要灭九族？

陈怀瑾摇了摇头，说："不知道，也许都杀了吧。"

他在后山埋了火雷，如果真印信没到，他便带着百姓从官道口离开，火折子吹亮一掷，干净利落。

他不介意杀死几个穷凶极恶的人。有耐性时，便在这口染锅里纠缠一番，没耐性了，便就弄死。某种程度上来说，他确实不是什么善男信女。

"你呢？"陈怀瑾将视线转向乔灵均，"若六皇子没有带来皇上印信，假印露了白，你打算怎么做？"

乔灵均笑了一下。

"跟你的法子一样，都杀了。"

她做得出来，甚至早在他上山之时，便调了乔家军分支。她不确定山上有多少兵，及至看到对方只出了一个营，才让袭取等人暗自退下。

跟陈怀瑾动用太守府内卫保护她一样，她不能让陈怀瑾冒这么大的风险。

六皇子为此还当面斥责了她。

说到底，乔灵均亦是个不服管束的人。正与邪，对与错，在她这里是没有中间地带的。山上的这些人，本就死不足惜。

盘腿坐在他床边，乔灵均继续啃咬那只萝卜。大约是渴了，又懒得去倒水，嚼得眉眼欢畅，几乎有些孩子气。

但是这个孩子狠起来，比所有"大人"都要离经叛道。

陈怀瑾不自觉便笑了，他喜欢跟他一样乖张的人。

不违背道义，无愧于天地，只是——

"也难怪我们这类人，在外面风评不好。"

九曲十八绕的官场，容不得这样利落的存在。若所有贪腐官员都直截了当地被杀死，朝堂里就剩不下几个官了。

"风评都是人说的。管不住嘴，也不管不住笔。之前有言官叱我嗜酒，无端便成了诟病。好像这世间女子，就不该喝酒吃肉，活该相夫教子一样。可我若相夫教子，边关还会在吗？"

乔小九的腮帮子嚼得一努一努的。

"便是你，不也是京城出了名的纨绔世祖？"

陈怀瑾这才发现，她吃上瘾了，竟然打算全部嚼掉。抬手按住小九的爪子，他说："别吃了。"

"这是证物，落到旁人手里又是一桩麻烦事。"

她抢回来，直接扔到嘴里。咽下以后，才听到陈怀瑾神色严峻地说：

"我是忽而想到，刻的时候没洗手……"

六皇子是第三日清晨才赶到的大兴。

他这次过来，还顺带运来了米粮。陈怀瑾的信，圣上看过以后，便大发了一通雷霆。嘴里念念叨叨地痛骂："陈怀瑾是不是吃了熊心豹子胆，苏州太守管哪门子的川蜀破事？"

骂过以后，又怒气冲冲地掷了一枚私印出去。

他知道这些后生给他留着脸面呢，但是心里仍旧觉得面上无光。他清楚明白得很，其根本原因就是不想承认自己错了。

廖庆芳和柳致远的案子，是穿成串送到他面前来的。不会有那么凑巧的事，一定是有人暗中做套。可他当时气糊涂了，抓到牢里不肯杀，分明等的就是陈怀瑾跑到蜀中暗查。但是暗查出了结果，他依然不痛快。因为这样一来，他就变成了一个穷凶极恶，需要忠臣冒死调查才能明白事儿的昏君！

所以他不准陈怀瑾参与审理此案，只能做旁听。

下达旨意以后，圣上再度抱信细端，又自落下泪来，觉得蜀中的百姓快要苦死了，作为一国之君，他是极其有必要再送一批好吃好穿，让他们觉得自己并非

无用的。

因此六皇子这次的"行李"便非常多，也非常重。

披星戴月地周转了几日之后，他决定直接开堂审案，将该做的事儿一鼓作气地做完。因为一旦休息，便很难保证会不会如陈怀瑾一样，要人哄着捧着才肯坐到县衙里了。

葛蔺晨这次是亲自接的赵久和的驾，不接不行，这是京里头的规矩。

六皇子自来是温润派，对待他的态度，也仍以正常官员相待。但是葛蔺晨心里明白，这是将刀架在脖子上，硬将他扣在了身边。

堂审地点，设在了林升迁的衙门里。因为之前走马上任时就收拾过，所以一切都还干净整洁。

六皇子上坐主位，下首分别是正襟危坐的葛蔺晨，穿着官服但是明显没有睡醒的陈爵爷，以及换了武将官袍、偷嗑瓜子的乔将军。

她今日也起晚了，来不及吃早饭，很担心会影响发育，便抓了一把瓜子放在小荷包里。

堂内空荡，嗑开的声响便异常清亮。

"三宝。"

六皇子出言提醒了一声，跟柳十方一样，唤的是她的小名。言语之中，是哥哥式的宠溺，并无责怪之色。他自来是个温润和善的人。

乔九爷在关外自由散漫惯了，便是行兵布阵也不注意仪态。这会子经由赵久和提醒，便坐直了，拍拍小手，将瓜子装回小荷包里，很有眼色地顺带提点了陈怀瑾："坐直点儿。"

陈爵爷的坐姿其实没有太大问题，看到小九拍她，还迷茫了一下。

脑子浑浑噩噩地想，赵久和凭什么叫她三宝？

他讨厌一切叫他老婆小名的人，柳十方算一个，赵久和也算一个。

开堂木在桌前震响，"威武"声至，片刻后乔培林、姚赤诚二人便被押送至堂上。

乔、姚二人是官场里的老油条了，知道什么罪能认，也知道什么罪万万不能认。

赵久和在皇子中是出了名的温厚性子，面貌生得清润俊朗，带几分菩萨相，便让他们有了一点儿胆子。公堂之上，只管声泪俱下地说："下官们确实不知爵爷将军等来暗访，招待不周，未能积极配合查案。山上围剿一事，也确实不知爵爷身怀印信，不是故意忤逆圣意。"

总之，他们什么罪都认，就是只字不提蜀中一案和贪污纳贿的罪责。

六皇子近日黑眼圈颇重，身体乏累，但素来接受的礼仪德行不准他如陈怀瑾那家伙一般，斜歪靠坐，微微活动了一下筋骨，他把玩着惊堂木，自言自语地说："我是不是看上去太好说话了？"

唇角一弯，忽而笑了。

他不需要有人来回答这个问题。

右手边放置的账簿被他抛掷堂下。

赵久和一字一字列举了姚赤诚、乔培林、李培玉三个人自上任以来，贪污纳贿的三十九项罪证。账目明细尽数记在账本之上。便是已经出蜀的李培玉，也别想幸免。

"父母官做成你们这样，连带奉天朝上下官员都没了光。"

赵久和看着堂下所跪几位"大人"。这些人加起来便是蜀中的半边天，可惜天是黑的，无人敢逆，无处诉冤。

"三年蝗灾，五年旱涝，你们捞了多少？难道非要百姓死绝了，才肯收手吗？"

赵久和神色一凛，惊得堂下三个人都打了一个寒战。

李培玉是于乔、姚二人之后被押上来的，万万没有想到，自己花了那么多银子逃离蜀中，仍然没能逃过一劫。细端账本，他发现那上面是梅艳红的字迹，以为是当初离蜀时落下的。如今梅艳红已死，便是死无对证，谁又能斩钉截铁地说，账上所记一定是真的呢？

"六皇子，"李培玉匍匐上前，哭诉道，"下官承认这些年确是做了一些小打小闹的错事，但也只是增收了一部分商贾关税，并未如账上所记，苛刻赈灾粮饷。您这本账册，不知是从何处而来，可有所记人证？"

账册上是没有他们的笔迹的，没有笔迹，便不能确凿断定，账本所言一定是真实的。

匆匆赶来送死的李培玉根本不知道，艳红还活着。

姚赤诚一听那话便知是在自投罗网，果然句尾刚落下，六皇子便传了人证。

艳红和小林大人共同上堂，跪在堂下。一个人可证账目属实，一个人可证买官之论，李培玉惊得恍若见鬼，待要辩驳，桩桩件件都摆在头里，还有何可辩？

葛蔺晨至此当然是坐不住了，大步上前，跪倒在堂下。

"下官失职，不承想他们三个人竟在背地里做出如此鱼肉百姓的勾当。虽未参

与，但仍有监管……"

"监管不严，没有参与吗？"

六皇子冷笑。

"葛大人不必急着认罪，我们尚有另一桩大案要同你细聊。来人，带陆离。"

葛蔺晨是认识陆离的，早在廖庆芳抵达蜀中之时，他便亲自见过这个号称"神笔幻手"的陆师爷。

陆离本是贪生怕死之辈，今次却不知为何，有了莫大的胆子。

他亲口承认，自己伪造了廖庆芳的笔迹，将书信夹在了他赠给柳致远的《复元秘闻录》里，而指使他做这件事的，正是四川知府乔培林和大兴县令李培玉。

而李培玉与乔培林之所以会有这么大的胆子，完全是因为得到了葛蔺晨的授命。

"胡说！"

现今，于李、姚、乔三人而言，葛蔺晨便是最后一棵大树。这棵大树背后有三皇子作保，若大树可活，也许他们这些旁弱枝干仍有一线生机。所以姚赤诚叱责陆离胡说，李培玉不承认指使他仿字，乔培林作壁上观，心知，这次是保不住了。

陆离见姚、李二人乱了阵脚，突然爆发出一阵大笑。

他笑他们认不清时事，笑他们时至今日仍旧妄想苟活。也许跟当初的他一样吧，宁愿不人不鬼，也苟延残喘地想要翻身。

"心有妄念的人，果然非常不想死。"

陆离肩胛骨上的铁锁，是乔灵均用九环刀为他卸下的。卸下的当日，他也如姚、李二人一样，竭尽全力地狡辩。

然而辩到最后，便觉无意了。因果轮回，报应不爽，这是该他们承的罪。反倒是平平淡淡站在堂下的梅艳红，让他觉得有几分意思。

她今日着的仍是那身红衣，脸上没有上妆，是素面朝天的一张清秀小脸。

这张脸，无论放到哪家舞坊，都是能继续吃饭的。陆离不解，她分明已经逃出生天了，为何还要站到堂上做这个人证？须知隐瞒不报是要充军发配的。

"你不怕吗？"他出声问梅艳红。

"怕。"

艳红知道他是什么意思。从某种意义上来说，他们是一样的人。一样被贪婪利用，一样攀附权贵。

"但是我更怕夜里做的那些噩梦。我想活得像一个人。"

一个坦坦荡荡，为所有过失承担罪责的人。

陆离是笑着画押的，他没艳红那么大的觉悟，只是在早晚终有一死时，选择了更爽快的方式。且有姚赤诚、李培玉几位蜀中首屈一指的大贪陪他，倒似有些荣幸了。

他说："廖庆芳抵达蜀中时，我们就故意露了破绽给他看。在他带人盘查之际又偷梁换柱。"

至于假银——

套着黑布口袋被带到堂上的赵时言，至今以为自己是被恶匪所劫。一面跪在堂内，一面破口大骂，姚赤诚是个浑蛋！

他说："银子花不了，你就让他再找能花的银子去！我跟你们说，这批假银，坏就坏在底下印了一个官字上了。不足量！那是糊弄上面盘查的廖庆芳的！现在这人秋后就要死了，姚赤诚不花，你们便找个地方将它花了，便算轻了一些，也并非不能用。土匪花银子还挑成色？"

说完，赵时言又胡乱划拉着去找马聊聊。不知胳膊肘夹住的是站在一旁的葛蔺晨的腿。

"我可告诉你，我姐夫是川蜀总督。姚赤诚这次有胆子动我，待我回去一说，准让他扒了他的皮。我这次也不让你白跑，你带着假银离开大兴，一口铜锅找地方化开……"

"时言！胡说什么？"

葛蔺晨急了，一把踹开赵时言，赵时言一听是葛蔺晨的声音，欢喜得险些蹦起来。蒙着黑布的脸，遮挡了他的视野，只能在蒙眬中循着声音去寻。

他说："姐夫！姐夫您来了？可了不得！这帮土匪要上房！"

葛蔺晨眼前一黑，险些没昏厥过去，土匪是不是要上房他不知道。他即将要被上坟，已是板上钉钉之事了。

赵时言不知道自家姐夫已经被气得两眼发黑，挣扎着从地上爬起来，又要去抱腿。眼前的黑布却突然被扯下去了。

骤然大亮的光线刺得他眯起了眼睛，模糊中好像看到了姚赤诚，又模模糊糊见到了李培玉，李培玉旁边那个……是乔培林？

这可真是稀罕事儿了，这几头蒜怎么聚到一起来了？

抬头望回葛蔺晨，好似了然了。他挨了欺负，他姐夫知道了！所以押了姚赤诚要收拾！

可转而一想，不对啊！

指使土匪坑他银子的分明只有姚赤诚一个啊，李培玉和乔培林跪在地上做什么？再往堂上一看，也不对啊！那是位完全不认识的官儿啊！官儿身上穿的衣服还跟寻常官员不一样，是件蓝底金纹的四爪麒麟袍。挺年轻，挺俊秀。

这又是谁？

赵时言的脑子在关键时刻是分外不好使的，琢磨不出个所以然来，见堂下几人都面露菜色，便觉大约是不好了。

踟踟蹰蹰地动了动嘴，他小心翼翼地问："姐夫，蜀中是不是换官儿了？您……他们……被查了？"

葛蔺晨现在最怕的就是赵时言这张嘴，生怕他再说出什么来。怒目一瞪，他狠狠使了一个眼色给他。

这会子自然是不能出声让他住嘴的，但是赵时言明显没有那个眼力见，瞠目结舌地思忖了一会儿，他继续道："那请三皇子帮帮咱们呀，上面这个比皇子还大不成？"

赵舅爷自来认为蜀中一带是自家的宅院，便是来了新官，也有应付新官的办法。上次那个廖庆芳来，不是闹得动静也很大吗？乔培林为了把人送进去，还特意在堂上承认了廖庆芳跟他有勾结。后来三皇子着人在京里走了几层关系，廖庆芳入狱，乔培林没事人似的被放出来，继续做官。

有这种前车之鉴，他更不觉得自己有什么好怕的了。

葛蔺晨一辈子谨小慎微，所有手下都随了他的性子，有察言观色、审时度势之能。唯独这个赵时言，教十次百次，依旧是个拎不清时事的混账！

"你闭嘴！我们何曾跟三皇子有瓜葛？"

三皇子是葛蔺晨最后的保命符纸，皇子内斗统一是一个巴不得另一个赶紧死，赵时言在这时候带上三皇子，不是逼着他受牵连吗？

三皇子若是受到牵连，谁还能救他的命？

"我们何曾没有瓜葛了？可是差钱？我姐姐那里有啊，这些年的银子，你不都……"

"时言！"

"都挂在你姐姐名下了，对吗？"

六皇子从堂上走了下来，隔开葛蔺晨，蹲在赵时言跟前与他对视。

"连束在京里也被抓了，你们现下准备用银子保命吗？"

赵久和的脸，是皇子中难得的一见的温善一类，语气循循善诱，很有一些公子做派。

赵时言见到似一位好说话的主，大力点头。

"保，我们保！连束那个老家伙就算了，我只保我姐夫。连束当初没少收黑钱，房产都过户在他第三房妾侍手里，他要想活，便让他自家人来出吧。"

"好。"

六皇子摸了摸赵时言的脑袋，重新坐回堂上。

"来人，抄家。"

四道红签落地，乔、姚、李、葛四人尽数定罪，不日押送回京。从犯赵时言、陆离，斩立决。从犯梅艳红本应发配充军，但因其有悔过之心，罚做扫晴娘，归于衙门管制。林升迁虽参与断案有功，毕竟不是经由吏部委任为官，仍旧回京，等候封赏。

一场贪污纳贿案，就此画上了一个圆满的句号。

横霸川蜀八年之久的四名朝官，被摘去官帽、脱去官袍的那天，大兴县下了很大一场雨。绵密如豆的雨滴，捶打在青瓦砖石上，仿佛要涤清世间一切尘埃。

老百姓搬着小马扎坐在檐下，说："你们看，这是知道蜀中的天晴了，为我们冲晦气呢。"

六皇子也搬了马扎出来，坐在正中。百姓见他和善，便就大着胆子攀谈了几句。

他们晓得这位是皇子，皇子身上都有龙气，多沾一沾就是福气。

他们是爱戴这位的，因为这片天就是他过来放晴的。另外三位大人，他们也心存感激，只是陈小爵爷尚在养伤，不便多去叨扰，且那人日头大些，风雨烈些便不肯出门，跟纸糊的一样，因此只能多挂些活鸡活鸭在门口，待他来取。

"外面的鸡饿死了吗？"

县衙后宅里，睡到日上三竿的小爵爷也在这时起床了。眯着眼睛望了一会儿阴沉沉的天，他探出一颗脑袋，问窗边路过的乔灵均。

"没死啊，我昨儿还抓了一把苞谷去喂了，怎么可能死？"

端着药汤盆子的九爷莫名其妙瞥他一眼，随即抬脚推门，将药置在桌子上。

"喝药了。"

陈爵爷有些心不在焉，双手揣进袖筒，向前伸了伸。

"放一会儿,凉了再喝。"

说完以后又睨她:"你不要再去喂鸡了。"

他想要喝鸡汤,但是陈叔来信说不让他杀生。因为他找了一位不得了的道士为他算了一卦,说他接连不断地受伤,跟身上戾气太重有关。要尽量不进荤腥,在饮食上减少杀戮。不然,甚至会影响夫妻运势,成不了婚。

他是根本不信这些的,然而陈叔那个老匹夫,以老爷在天之灵保证,这个道士的话很准。

可惜没过一会儿,乔灵均就把鸡摔死了。

拎着煺了毛的畜生走进来,她在他眼前晃了晃。

"炖汤还是红烧?"

他蹙眉凝视了那只鸡一会儿。

它不是自然死亡。

也不是他亲手所杀。

可它依旧死得很惨。

伸出一根手指头,他摸了摸光滑的鸡脑袋。

"炖汤吧,加点儿虫草,熬得浓浓的。"

六皇子是晌午回来的。

靛蓝云纹的锦袍,湿答答地在脚边坠了一路水渍。乔灵均以为他掉到水里去了,后经一问才得知,是坐的马扎太矮,衣襟泡到水里去了。

蜀中百姓常年布衣短打,遇到雨天便将裤管卷起来。他穿一身大袍坐矮椅,沾到地面怎会不湿?

"你把袍子这样卷起来就好了。"

乔小九今日也着的儒生袍,两只小手一卷便要往裤腰带里掖。陈爵爷那会儿正在圆桌上小口小口地喝鸡汤,见状烫了嘴,扔了勺子,胳膊一伸就把袍子拉下来了。

她到底什么时候能记得自己是个女人?

"那样终是不成体统。"

六皇子笑得温温润润的,衣裳沾湿了半截也不显狼狈,负手迈进内室,他决定换一件新的。

南方夏季炎热,便是落雨,温度也不减分毫,甚而热气经雨水一烘,更加重了闷湿之气。

但是六皇子素来端正惯了，一定要将里衣、内衫、外袍穿个精细才肯罢休。

小九端了热汤给他，他本已觉得燥热，但因这汤是小九熬的，他便喝了。

内外热气叠加，他就中暑了。

"六皇子其实是个长得挺好看的傻子。"

另一边。

林升迁趁着这几日还在大兴，一直往中乐大街跑。天色尚在霜清，小贩们还在睡梦中，长街之上，只能听到几声蝉鸣鸟叫和扫把划过地面的沙沙声。

扫晴娘是整座县城最早爬起的人，为了保证街道整洁干净，每日都要起早洒扫。

艳红自被判为扫晴娘后，作息便规律了不少。锦绣红装换作布衣长裙，素面朝天的脸，迎着清晨朝露，每一步都行得踏实，每一扫，都怀着快乐。

当然，如果没有聒噪的林升迁的陪伴，应该还会加倍。

"昨儿将军要给六皇子熬中暑药，我舅舅说他来熬。但是他那个腰不是被砸了吗？不能久弯着，熬一会儿就把药材扔一边，自己玩去了。将军为这事儿还发了火。"

"照我看，我舅舅就是小心眼。他那人小时候就那样。六皇子人倒是很好的，也不怪罪，晚上还叫了他去下棋。"

"柳二爷这几日烦躁得紧，将军把马聊聊留下来了。你不知道吧？聊聊喜欢柳二爷，没日没夜地跟着，二爷无法，干脆躲到总督府算账去了。葛蔺晨留下一堆烂摊子，得有人清算。"

林升迁是个爱唠叨的孩子，每天都像说书人一样，准时准点地跟艳红"汇报"衙门后宅的那些事儿。他也不知道为什么喜欢找她说，反正自从到了大兴县，他便跟她待在一处。

艳红自从做回艳红，脸面便不再姜黄了。可他好像还是更喜欢姜黄脸的艳染。因为艳红是艳染的时候，会愿意跟他攀谈一会儿，不会如现在这般，出言赶他。

"你们什么时候回京？"

抬手擦了一把额头上的细汗，艳红问他。

"大约就这几日了吧。"

小林大人撇了撇嘴，单手一撑跳上一块石台。

真是没几日了。

衙门里押着重犯，要送回京城等候问斩，先前耽搁着，是因为六皇子中暑了。

牢。总之，待到几人抵达京城后，便发现那个一直沉默等死的人，被人偷梁换柱，换作另一副不认识的脸孔，断了气。

圣上于大殿之上发了好大一通脾气，首当其冲被呵斥的，便是三皇子赵久沉。

此次蜀中一案，牵扯出太多旁枝末节，川蜀境内上下十二名官员，皆有贪污纳贿之行径。川蜀总督明里暗里早已归为三皇子一党，现今重犯在逃，不是赵久沉着人去办的，又能有谁？

"你可是看朕老了，老糊涂了？"

龙颜大怒，赵久沉当场被革除亲王之位，打发至梅岭封地种青菜去了。

梅岭，又名"没岭"，是为湖广一带最为贫瘠之地。武帝虽震怒于赵久沉的浑蛋行径，到底不忍再逼疯一个儿子。手心手背皆是肉，他只是痛心。痛心的武帝尚不知晓，他狠不下心来食子，子却狠得下心来弑父！

还有那个神不知鬼不觉逃走的葛蔺晨，分明一直被六皇子的人严加看管着，又是谁有这么大的本事，将他换走？

江湖道士不让爵爷杀生一说，竟然也歪打正着一语成谶。冉兰宫涉险勾结叛党，制造攻城兵器，陈怀瑾身为冉兰宫嫡传弟子，牵连入狱，婚期再次延后。乔灵均又当如何为陈怀瑾摆脱这场牢狱之灾？答案，自然是在下一卷了。

—— 本季完 ——